Helmut Jasbar
Vierundzwanzigster
Dezember

Ein Kurzroman

müry salzmann

Winter kept us warm, covering
Earth in forgetful snow
T. S. Eliot, The Waste Land

1

„Fiedler, so kann das nicht weitergehen", sagte Otto
Moretti, „du musst wieder unter die Leute."
Er sah seinem Gegenüber unüblich lange in die Au-
gen. Fiedler hielt stand.
„Es geht mir nicht so schlecht, Otto." Ein dazuge-
hörendes Lächeln misslang ihm allerdings.
„Wir alle müssen lernen, mit dem Unvermeidbaren
zu leben – ich weiß", fügte Otto rasch hinzu, als
er spürte, dass Fiedler etwas erwidern wollte. „Ich
weiß", sagte er nochmals und legte eine Hand auf
Fiedlers Arm.
„Ich kann sie noch immer nicht aus meinem Leben
wegdenken", sagte er dann und betrachtete seine
Fingernägel.
„Du lebst jetzt seit drei –"
„– dreieinhalb", korrigierte Fiedler.
„…seit dreieinhalb Jahren wie ein Einsiedler. Du
wirst lernen müssen, deine Trauer in eine Kiste zu
sperren und sie nur dann zu öffnen, wenn dir wirklich danach ist. Sie kann, sie darf nicht dein ganzes
Leben überschatten."
„Wenn mir danach *ist*."
„Wenn du es nicht mehr erträgst, meine ich."
Er nahm seine Hand wieder weg und lehnte sich zurück.
„Du musst den Schmerz beinhart wegsperren, damit
er nicht herumgeistern kann, wie und wann es ihm

gefällt. Marie kann nicht mehr zurückkommen, und du weißt sicher, was sie sagen würde, wenn sie dich so sähe."

Fiedler dachte einen Augenblick an jene Zeit, als klar geworden war, dass es mit Marie zu Ende gehen würde. Sie war bis zuletzt um alle besorgt gewesen und schien sich für ihren Zustand entschuldigen zu wollen, selbst als sie nur mehr Haut und Knochen war. Er schob das schmerzhaft unangenehme Bild beiseite und bemühte sich, den Rat Ottos ernsthaft zu befolgen.

„Da geht noch was, Fiedler", sagte Fiedler vor sich hin.

„So isses."

„Ein Digestiferl für die Herren Doktoren?", dröhnte der Wirt des *Giovanni* im Vorübergehen. Wie immer war das keine Frage.

2

Als er begriff, dass er am Vierundzwanzigsten allein sein würde, wenn er nichts dagegen unternahm, drohte Andreas Scherf, Doktor der Rechte, in Erbitterung zu versinken. Deshalb erwog er nach einigem Scrollen, eine seiner *On-off*-Freundinnen anzurufen. Entgegen der Vereinbarung. Es war später Abend, und er zögerte. Dann fiel ihm ein, dass es ohnehin *ihre* Vereinbarung gewesen war. Als sich Petra endlich meldete, klagte er, noch bevor sie etwas sagen konnte, wie sehr Moretti und die anderen in der Kanzlei ihn schikanierten. Er fürchte, die Demütigungen nicht länger ertragen zu können. Die alten Männer, nicht wahr, sollten sich doch in ihre Landhäuser verziehen und die Jungen endlich in Ruhe arbeiten lassen!

Dann ließ er sich noch zu einem wirren Exkurs über den Fluch der langen Lebenserwartung hinreißen. Als er damit fertig war, bekam Scherf von seiner Zuhörerin eine kompetente, ruhige Antwort, wie sie von einer Unternehmensanalystin nicht anders zu erwarten war. Scherf hätte sich indes mehr Parteinahme für ihn gewünscht. Er unterdrückte seinen Zorn, der sich wie eine giftige Blüte in ihm öffnen wollte, und versuchte seinerseits zuzuhören.

Es sollte nicht so sein, wie es verdammt noch mal ist, fand er.

Es seien viele Faktoren an seinen Problemen in der Kanzlei beteiligt, fuhr Petra fort, es sei ein multifaktorielles Geschehen. Als Scherf dann doch die Beherrschung verlor und sie nachäffte, „ein *multifaktorielles* Geschehen?", entgegnete sie nichts mehr. Eine metallische Stimme war kurz im Hintergrund zu hören, CSI oder sonst ein Mist. Dann sagte Petra, dass sie sich nicht für seine Hahnenkämpfe interessiere, und legte grußlos auf.

Am nächsten Morgen, dem Vierundzwanzigsten, in der allmählichen Ankunft des neuen Tages, kam ihm der Verdacht, dass Petra während des Telefonats neben ihrem Mann gesessen und das Gespräch so nebenbei abgewickelt haben könnte. Eigentlich sollte ihm das nichts ausmachen, aber es ließ ihm keine Ruhe. Sie hatte keinen Respekt vor ihm. Als sein Zorn verraucht war, beschlich ihn das Gefühl, dass er wohl nichts mehr von ihr hören würde. Und das just vor den Feiertagen.

3

Als Otto Moretti und Fiedler das *Giovanni* verlassen hatten, beobachtete Fiedler seinen Kollegen, wie er sich mit zuversichtlichen Schritten entfernte. Da erinnerte er sich, wie lang er ihn falsch eingeschätzt hatte. Er führte Ottos Erfolge und seine guten Kontakte zur Politik darauf zurück, dass er, der mächtige Seniorpartner der Kanzlei Moretti, Koehler und Partner, pragmatisch, wie er nun mal war, nie von Skrupeln geplagt wurde, und zählte ihn zu jenen Menschen, die noch die letzten Reste von schwer Verwertbarem und Diffusem im eigenen Charakter in Effizienz zu verwandeln wussten. Für ihn gehörte er der Gattung jener Hochspezialisierten an, deren innere Zufriedenheit daher rührte, sich das bestmögliche Leben leisten zu können, dann aber doch einer Sechzig-Stunden-Woche den Vorzug gaben. Unter den Juristen waren nicht wenige Menschen dieses Schlags. Säkulare Mönche mit viel Diesseits-Kapital. Moretti trug dieses ihm zugedachte Image, wie Fiedler erst später merkte, nur nach außen, zum Nutzen der Kanzlei. Dass er, den jedermann nur im Dreiteiler kannte, sich auch in legerer Kleidung wohlfühlte, bestätigte sich, als Fiedler eines Tages in dessen Döblinger Villa zum Grillfest geladen war. Der Gastgeber stand persönlich am Grill, und auf seinem T-Shirt konnte man lesen: „Yes, I *am* being sarcastic."

Als sich Fiedler zum Gehen wandte, sah er ein Gesicht, das sich von innen an die Fensterscheibe des *Giovanni* presste und mit einem dümmlichen Ausdruck nach oben schaute. Die blutleere Wange war deformiert, dennoch erkannte Fiedler in der Grimasse den jungen Kanzlei-Kollegen Scherf. Im *Giovanni* musste er ihn übersehen haben. Fiedler runzelte die Stirn. Mein Gott, dachte er, dieser Junge, immer so beschäftigt.
Fiedler hätte damals Scherfs Bewerbung gerne abgelehnt, war aber für ein Veto zu unentschieden gewesen. Er folgte nun Scherfs Blickrichtung. Und siehe, da oben glänzte ein roter Luftballon wie ein ironisches Zeichen am Himmel.

4

Gelegentlich überfielen Margarethe Erinnerungen wie Fotos, die beim Blättern in alten Büchern unerwartet herauspurzeln. Meist betrafen sie das Schottenviertel in der Inneren Stadt, denn es war der Spielplatz ihrer Kindheit gewesen. Hier hatte sie an einem Sommertag das erste Mal einem Jungen eine Ohrfeige verpasst, weil er versucht hatte, sie zu küssen. Hier war sie auch durch eine schmerzhafte Erfahrung erwachsen geworden und hatte gelernt, dass Ungemach ohne Vorwarnung hereinbricht. Nur einen Augenblick lang war sie unaufmerksam gewesen, und schon war ihre Großmutter folgenreich gestürzt.

Heute, am Vierundzwanzigsten, ging sie rasch über den Graben und bog dann in die Tuchlauben ein. Als sie die Touristen-Hotspots hinter sich gebracht hatte und über die Kurrentgasse zum Judenplatz gelangt war, hatte sie ihren resoluten Schritt bereits wieder dem gemächlichen Tempo Wiens angepasst. Und als sie am Lessingdenkmal vorüberging, brach die Sonne jäh durch die Wolkendecke. Das Licht erwärmte die Luft scheinbar augenblicklich und ließ die dünne Schneedecke auf dem Platz funkeln. Lessing trug dazu wenig bei, die mattgraue, fast schwarze Bronze schien alles Licht zu schlucken. Margarethe blieb einen Moment stehen und blinzelte. Die nassen Granitplatten glitzerten, sie meinte auf ihnen das Spiegelbild des Himmels zu erkennen. Blitzlichter aus ihrer Kindheit und Erinnerungen an ihre Großmutter mischten sich mit flüchtigen Gedanken darüber, wie schnell die Zeit verging.

Nach der Schule war Margarethe oft bei ihrer Großmutter gewesen, die damals schon etwas gebrechlich war. Sie wohnte in einem alten Bürgerhaus, dessen schmales, gewundenes Stiegenhaus es der alten Dame beinahe unmöglich machte, die Wohnung zu verlassen. Einmal hielten die beiden es im Haus nicht mehr aus. Margarethe schleppte den Rollstuhl vor die Tür und rollte ihre Oma durch die Stadt. Als sie an Lessing vorbeikamen, erhob sich die Großmutter unsicher aus dem Rollstuhl, besah sich stirnrunzelnd das Monument, lachte plötzlich auf, drehte sich zu Margarethe und verkündete mit schelmischem Gesichtsausdruck und erhobenem Zeigefinger:
„Bruder, lass das Buch voll Staub. Willst du länger mit ihm wachen? Morgen bist du selber Staub! Lass uns faul in allen Sachen, Nur nicht faul zu Lieb' und Wein, Nur nicht faul zur Faulheit sein!" Da war sie einmal noch wie früher gewesen – die beliebte und zu einem gewissen Ruhm gekommene Historikerin und Trägerin des Bertha von Suttner-Ringes für ihr Engagement um Frauenrechte. Während Margarethe noch lachte, verlor ihre Großmutter das Gleichgewicht und stürzte schwer zu Boden. Und so war dies

das Letzte gewesen, was ihre Großmutter zu ihr gesagt hatte. Nur wenige Tage später war sie tot.

Mittlerweile wusste Margarethe, dass ihre Großmutter Lessing zitiert hatte: „Morgen bist du selber Staub!" Schminktipps für die Dreizehnjährige, der kalte, gezuckerte Schwarztee, die vertraulichen Gespräche, der Geruch nach gestärkter Wäsche, das Kästchen mit Broschen, die sich Margarethe manchmal leihen durfte, all das war mit einem Schlag zu Ende gewesen. Die Jahre seither hatten ihre Schuldgefühle gedämpft, geblieben war ihr das Bild der lachenden Großmutter auf ihrem letzten Ausflug. Manchmal hörte sie sie noch zärtlich „Gretl!" flüstern.

Margarethe ging am Holocaustdenkmal vorbei und direkt auf die *Feinkosterei in der kleinen Dreifaltigkeit* zu. Bis sie selbst Mutter geworden war, hatte sie dort viele schöne Stunden mit Freundinnen und gut eingeschenkten *Hugos* verbracht. Nach diesen Nachmittagen, die ihr nun wie Szenen aus einem anderen Leben erschienen, war sie in der Dämmerung nach Hause gestreunt, erfüllt von einer Sehnsucht, die sich selbst genügte.

Dass Margarethe die *Feinkosterei* am Vierundzwanzigsten aufsuchte, hatte mit ihren Erinnerungen an jene Zeit zu tun. Außerdem hatte sie Fiedler, ihrem Chef, versprochen, noch für ein paar Stunden in die Kanzlei zu kommen. Da ihre Tochter Rita versorgt war, war auch noch Zeit für die *Feinkosterei*. Vielleicht suchte sie die einstige Unbeschwertheit, die ihr in einer katastrophalen Kurzehe verlorengegangen war. Margarethe war weniger darüber traurig, als sie sich über ihre schlechte Menschenkenntnis ärgerte und über ihren Trotz, der sie dazu verführt hatte, einen aufgeblasenen Anwalt zu heiraten, dessen einziger Vorzug es war, dass er nicht in die gediegenen Kreise ihrer Familie passte. Jetzt hatte sie Rita, die davon nichts wusste und zumeist friedlich ihren Schnuller kaute, bis sie ihn, ebenso unvorhersehbar wie ungestüm, auf den Boden warf.

Vor der *Feinkosterei* setzte sich Margarethe unter einem Heizpilz an einen Tisch, um darüber nachzudenken, wie es weitergehen sollte. Es waren ihre ersten freien Stunden seit Wochen. Ihre chronische Müdigkeit hüllte alle Sinneseindrücke in Watte.
Sie bestellte einen Espresso und sehnte sich nach einer Zigarette, obwohl sie seit Jahren nicht mehr rauchte. Erschöpfung war ihre zweite Natur geworden, ja mittlerweile ein eigenständiges Wesen.
Eine Frau mit türkisen Ohrenschützern schob ein Fahrrad an ihr vorbei. Weiter hinten fuhren zwei elegante ältere Männer auf einem gelben Roller. Beide trugen Schutzbrillen und Lederhauben wie Piloten aus den dreißiger Jahren. Ein Mädchen rief etwas Unverständliches. Eine Frau schob den Kinderwagen vor sich her und telefonierte. Vor dem Eingang zur *Feinkosterei* kramte eine Dame in ihrer Handtasche,

zog schließlich einen kleinen Spiegel hervor und trug etwas Make-up auf. Dann verstrubbelte sie kunstvoll ihre Stirnfransen, die unter der Wollmütze hervorschauten, und verschwand im Lokal.

Nichts davon hatte etwas mit ihr, Margarethe, zu tun, und niemand wollte etwas von ihr. Wie herrlich! Der freundliche Slowake, der für die *Feinkosterei* kellnerte und sich noch an Margarethe erinnerte, bot ihre eine Decke an, obwohl die sündhaften Heizpilze genug Wärme verströmten. Als er die Decke fürsorglich über ihre Schultern legte, musste sie ihre Tränen zurückhalten.

5

Herbert streifte durch Hernals. Unbegreiflich, dass nun alles zu Ende ist, dachte er. Noch vor sieben Tagen war er in ständiger Begleitung von Arthur gewesen. Arthur und Herbert waren beste Freunde, im ganzen Viertel bekannt; ein hochgewachsener Blinder und sein kleiner Blindenführer. „*Artbert* ist wieder unterwegs", sagte man. Beim Gehen ruhte Arthurs linke Hand auf Herberts rechter Schulter, die dafür auf der genau richtigen Höhe war. Arthur, von Geburt an blind, hatte also Herbert nie gesehen. Das hatte Herbert oft zu denken gegeben. Warum ihn das so beschäftigte? Irgendetwas in der Art: Hätte Arthur ihn gesehen, wären sie dann trotzdem so lange verbunden gewesen? Er beantwortete sich seine Frage selbst. Arthur hätte ihm ohnehin nicht sagen können, ob ihre Freundschaft anders verlaufen wäre. Jetzt war Arthur tot, und Herbert hatte in seinen letzten Stunden nicht bei ihm sein können. Herberts akute Bronchitis drohte zur Lungenentzündung zu werden, weshalb ihm der Besuch im Krankenhaus verboten war.

Als er dann endlich über Arthurs Ableben informiert wurde, hieß es, Herr Arthur Seebacher sei um drei Uhr vierundvierzig gestorben. Dass er zuletzt laut geschrien habe, teilte ihm ein Zimmergenosse mit geweiteten Augen mit, als Herbert Arthurs Habseligkeiten abholte. Es sei aber alles sehr schnell gegangen.

Jetzt war nur noch ein halbes Leben übrig, *bert*. Und erst jetzt kam ihm der Gedanke, dass Arthur vielleicht *ihn* gestützt hatte und nicht umgekehrt. Hätte Arthur seine Hand weggenommen, wäre er dann nicht zusammengebrochen?

In der Alszeile, auf der Höhe der Blumenhandlung mit einigen schneebedeckten Friedhofssträußen vor dem Geschäft, lag eine überfahrene Taube. *bert* betrachtete das tote Tier und warf es dann in die Mülltonne.

Am Himmel standen bereits Sterne. Nicht doch, seine Augen spielten ihm einen Streich! Die Schottersteinchen, die sich in mattem Weiß gegen das Dunkel der Straßenpfützen abhoben, diese kaum beachteten Kiesel blitzten aus den schwarzen Lachen wie Sterne.

Früher, dachte oder sagte er, hielt die Menschheit das Firmament für eine Kuppel, die die Erde von Horizont zu Horizont umspannte. Und das Himmelslicht galt als so stark, dass es durch winzige Löcher bis zur Erde herableuchten konnte.

Jetzt, wo Arthur weg war, würde er vielleicht wieder an Gott glauben. Arthur zuliebe! Oder ging es um ihn selbst? Dazu müsste sich Gott nicht einmal zeigen, sinnierte er. Ihm würde auch ein Teufel genügen. Irgendein Jenseits.

Bei Sonnenuntergang wurde immer alles anders. Kinder hüpften auf der Stelle. Sie zeigten mit dem Finger auf ihn. Oder auf seine seltsame Mütze?

Ja, Kinder ... Katzen.

Herbert musste schrecklich husten.

Ein zierliches Mädchen mit grünen Haaren, das auf ihn zugekommen war, wechselte rasch auf die andere Straßenseite.

6

Scherf beugte sich über die Scheidungspapiere eines Klienten, der ihn mehr beschäftigte als alle anderen: er selbst. Er überlegte flüchtig, in welche Steuerklasse er wechseln würde, wenn er das Sorgerecht für seine Tochter bekäme.

Wie hat nur alles so schnell den Bach runtergehen können?, fragte er sich. Seine zukünftige Ex bringt ein Kind zur Welt, und das Erste, was ihr danach einfällt, ist, die Scheidung einzureichen? Wie stand er nun da?

Ihr Entschluss kam aus heiterem Himmel. Gut, einmal hatte Scherf ihr eine geknallt, das aber war hochverdient gewesen. Mehr ist nicht vorgefallen. Das war alles. Obschon es ihn insgeheim wunderte, wie schwer sie zu brechen war. Als Hochschwangere hatte sie ungeahnte Kräfte entwickelt und ihn innerhalb weniger Wochen aus ihrer gemeinsamen Wohnung, aus der Erziehungsarbeit und schließlich aus ihrem Leben gedrängt.

Dann kam noch die Sache mit diesem Sebastian hinzu, Seelenfreund seiner Ex. Scherf hat ihn von Anfang an nicht ausstehen können. Sebastian war immer zur Stelle gewesen, wenn sie gerade eine Krise hatten. Ihn als Babysitter zu nehmen, war ihre Idee gewesen.

Was Scherf jedoch noch stärker beunruhigte, war der Umstand, dass seine Ex als Assistentin für Fiedler arbeitete. Damit war es unvermeidlich, dass die Kanzlei von der Trennung Wind bekommen würde. Zudem konnte er nicht abschätzen, wie viel seine Ex von seinen kleinen Nebenbeschäftigungen mitbekommen hatte. Sie war jedenfalls nicht zu unterschätzen.

Scherf hatte vom *Giovanni* aus beobachtet, wie Fiedler und Moretti das Lokal verließen, sah Morettis imposante Gestalt – ein Riese mit beachtlichem Bauch, an dem aber nichts Schwabbeliges war – und den ebenso hochgewachsenen, aber dürren Fiedler, die bei der Verabschiedung einige Worte wechselten, nahm wahr, wie Moretti noch einmal innehielt und lächelnd in den Himmel schaute. Scherf versuchte herauszufinden, was sein Chef am Himmel sah, indem er seine Wange ans Fenster presste. Es war nur ein roter Luftballon, der sachte höher und höher stieg. Der gute Moretti wird langsam senil, dachte Scherf.

Scherfs Anwesenheit im *Giovanni* war nicht zufällig. Er hatte sich diskret in Hörweite von Moretti und Fiedler gesetzt, weil er etwas über die Akte Burov aufzuschnappen hoffte. Frau Burov hatte ihn um eine diskrete Hintergrundrecherche gebeten, weil sie ihr Anliegen bei Fiedler nicht in guten Händen meinte. Dass Fiedler in Finanzsachen einen geradezu exquisiten Ruf genoss, focht sie nicht an.
Seine Ex konnte er schlecht auf Fiedler ansetzen. Außerdem war sie zu scharfsichtig und Fiedler, dieser Vogelscheuche, zudem so hörig, als sei sie mit ihm verheiratet, dachte Scherf bitter. Er würde sich schon selbst drum kümmern müssen. Heikles Firmengeflecht, heikle Briefkästen, heikle Chatverläufe, heikles Alles. Sein Honorar von Burov bekam er natürlich, um herauszufinden, wie viel Fiedler davon bereits überblickte. Wenn alles gut ging, würde Scherf durch diesen Freundschaftsdienst mehrere Fliegen mit einer Klappe schlagen; erstens eine Ne-

beneinkunft bar auf die Hand, durch Burov, dann die Politur seines Macher-Images, das in der Kanzlei aus unerfindlichen Gründen noch nicht richtig angekommen war, und drittens die Ausschaltung oder mindestens die Beschädigung von Fiedler, der zwischen ihm und Moretti stand.

Was wusste Fiedler über die wahren Hürden in diesem Verfahren, das mit einem Bankrott von Burov oder mit Schlimmerem enden könnte? Ein multifaktorieller Bankrott, dachte Scherf, und das Wort stieß ihm sauer auf.

Er rief nach dem Chef des Lokals, ohne die Stimme zu erheben, wie das seine Bosse immer taten, um die Rechnung zu begleichen. Giovanni ging mehrmals an ihm vorüber, ohne ihn zur Kenntnis zu nehmen. Bis Scherf schließlich doch die Stimme erhob:

„Giovanni, il conto per favore."

Giovanni reagierte, als sähe er ihn zum ersten Mal.

„Ich heiße nicht Giovanni", sagte der Wirt aus einiger Entfernung, als wollte er, dass alle es hörten.

Nachdem Scherf endlich bezahlt und das *Giovanni* verlassen hatte, war er nicht nur verärgert, sondern auch noch spät dran. An der Straße kam ein Taxi direkt auf ihn zu, und instinktiv hob er den Arm. Alte Gewohnheit. Mit der U-Bahn wäre er schneller in der Innenstadt-Kanzlei, fiel ihm ein, aber da saß er schon im Taxi. Er traute seinen Augen nicht, als er den Blick vom Handy hob und bemerkte, dass am Steuer eine alte Frau saß. Sie schaute über ihre Brille hinweg auf ein speckiges Wiener Straßenverzeichnis, leckte die Kuppe ihres Zeigefingers ab und begann zu blättern. Ganze Stadtteile waren seit der Zeit, als der Plan aktuell war, entstanden.

Endlich setzte sich der weiße Mercedes, der die Straßen schon vor Scherfs Geburt befahren haben musste, in Bewegung. Einige Autofahrer hinter ihnen hatten das Opfer längst gewittert. Einer verlor die Beherrschung und hupte so lange, bis er mit aufheulendem Motor vorbeiziehen konnte. Sein Menschenrecht auf Vorrang war wiederhergestellt.

Die Taxifahrerin schlich mit ihrem Kunden, der so nervös wie sie gelassen war, durch die winterlichen Straßen. Sie wartete geduldig hinter einparkenden Autos, Straßenbahnen, vor Ampeln. Flaneure, Väter mit Kinderwägen, Rollerfahrer, sogar Skater, denen der Rollsplitt nichts auszumachen schien, und Menschen mit Einkaufstaschen zogen in einem steten Strom vorüber. Gestalten jeglichen Alters und Zustands flackerten durch die Wiener Straßen, und alle schienen Vorrang zu haben. Scherf gelang eine gereizte Bemerkung über die vielen Autos, die im Schritttempo dahinschlichen, und ganz allgemein über die vielen Idioten auf der Straße. Dieses Angebot einer Komplizenschaft sollte sie, wie er insgeheim hoffte, dazu ermuntern, schneller zu fahren. Die Zeit drängte, nur noch achtzehn Minuten bis zu seinem nächsten Termin! Um die Fahrmanöver nicht mitverfolgen zu müssen, schaute Scherf aus dem seitlichen Fenster. Sie waren in zähem Verkehr gefangen, umringt von Menschen in ebenso teuren wie aufgeblähten Fahrzeugen mit bequemen Sitzheizungen und Navigationssystemen. In ihren Gesichtern glitzerte schon die feiertägliche Mordlust. Gedämpft durch den Schnee drang Gehupe an Scherfs Ohr wie ein letztes Lebenszeichen. Er überlegte auszusteigen, fürchtete aber, so noch mehr Zeit zu verlieren.

‚Ich heiße nicht Giovanni', hatte der Wirt zu ihm gesagt. Andreas Scherf, Doktor der Rechte, war einmal mehr für dumm verkauft worden, und das vor allen Gästen im gut besuchten Lokal. Seit er vor mehr als einem Jahr in der Kanzlei zu arbeiten begonnen hatte, war ihm der Wirt unter diesem Namen geläufig, und schließlich war das Restaurant das Stammlokal der Kanzlei.

„Ist doch gar nicht schlecht, wenn viele Idioten unterwegs sind, da fühlt man sich gleich besser?", bemerkte plötzlich die heisere Stimme am Steuer.

„Was haben Sie gesagt?" Scherf traute seinen Ohren nicht. „Das ist ein – ein etwas schwacher Trost?", setzte er patzig hinzu.

„Besser schwacher Trost als gar keiner", sagte sie in einem Akzent, den er nicht genau zuordnen konnte, „besser klitzekleine Wahrheit als gar keine."

Der junge Anwalt versuchte durchzuatmen und schaute wieder aus dem Fenster.

„*So* schlecht ist die Welt gar nicht", fing sie nach einer Weile wieder an, und es klang, als würde sie ein Kind besänftigen. Ein wohlbekannter, ihn wehrlos machender Zorn regte sich in Scherf.

„Sehen Sie denn nie Nachrichten?", fragte er schließlich und beugte sich vor, bereute es aber sofort. Die Frau konnte offensichtlich nicht gleichzeitig sprechen und fahren. Und tatsächlich, das Taxi kam, obwohl kein Hindernis zu sehen war, fast zum Stillstand. Erst als ein Lieferwagen, dessen Fahrer mehr darauf bedacht schien, seine Bremsen zu schonen als einen Auffahrunfall zu verhindern, sich rasch von hinten näherte, nahm das Taxi widerwillig Fahrt auf, bremste aber sogleich vor der Ampel, die Grün zeigte.

„Es ist einfach, die Welt in Ordnung zu finden, wenn man nicht weiß, was in ihr vorgeht", dozierte Scherf. „Nachrichten sagen nur, was schon geschehen ist. Was geschehen ist, kann ohnehin niemand ändern. Auf die Vergangenheit haben wir keinen Einfluss."

Was bildete sich die Alte ein? Wusste sie nicht, wen sie vor sich hatte?, dachte Scherf. Natürlich wusste sie das nicht. Woher auch?

„Schluss jetzt", sagte er, „schauen Sie auf die Straße und, um Himmels willen, fahren Sie!"

Im Winterlicht des frühen Nachmittags sah er die Alte grinsen. Sie trug rotgefärbtes Haar und schien eine dieser Emanzenhexen zu sein. Er resignierte und legte seinen Tumi McLaren Rucksack, der ein kleines Vermögen gekostet hatte, vorsichtig beiseite. Es hatte keinen Sinn, sie zur Eile anzutreiben. Er musste froh sein, wenn er heil ankam.

„Woher kommen Sie?", fragte er nach ein paar Minuten ohne besondere Vorkommnisse.

„Israel", antwortete sie im selben beiläufigen Tonfall.

„Allein?"

„Nein, mit Annegret. Annegret", wiederholte sie, „die Schwester meines Mannes Moshe", und sah ihn dabei im Rückspiegel an, als wunderte sie sich, weshalb er die beiden nicht kannte.

„Annegret und ich sind zusammen nach Wien gekommen."

Nach einer Weile, als Scherf nichts zu sagen wusste, setzte sie nach:

„Man kann nicht ununterbrochen in seiner Schuld leben, wissen Sie?"

„Wie bitte?", fragte Scherf, plötzlich zugewandt, während das Taxi bei Rot langsam in die Kreuzung hineinrollte.

„Stopp!", rief Scherf. Erst auf dem Zebrastreifen kamen sie zum Stehen. Die Frau drehte sich nach ihm um und sagte in die unvermittelte Stille:

„Irgendwann ist Schuld nur mehr Selbstquälerei, die niemandem etwas bringt und nichts wiedergutmacht. Schuld wird schlecht alt, wissen Sie? Sie wird selbstgefällig. Ich war im Libanonkrieg", fuhr sie ansatzlos fort, „zuletzt drei Tage und Nächte im Schützengraben. Wir wurden beschossen. Man kann pausenlos schießen, aber man kann nicht pausenlos

Angst haben, verstehen Sie? Die Gefahr zu sterben, war in beinah jeder Minute gleich hoch, trotzdem ist es einem manchmal mehr, manchmal weniger egal."

Draußen zogen Menschen vorbei, die das Taxi auf dem Zebrastreifen skeptisch musterten. Ein Radfahrer schlug auf das Autodach. Die Rothaarige zuckte nicht einmal zusammen. Inzwischen hatte leichter Schneefall eingesetzt. Die Flocken blieben kurz auf der Windschutzscheibe liegen, dann hinterließen sie kleine Rinnsale.

„Nach dem dritten Tag konnte ich nicht mehr. Ich dachte, wenn ich schon vor unseren Schöpfer treten muss, dann wenigstens ausgeschlafen. Bin ich ein Mensch oder ein Automat?" Dabei sah sie Scherf wieder durch den Rückspiegel an, als würde sie ihn das allen Ernstes fragen.

„Irgendwann bin ich eingeschlafen. Krieg ist schlimm genug. Und wenn ich schon in diesem Schlamassel sterben soll, dann wenigstens ausgeruht. Das Leben wollte es anders, und hier bin ich nun. Mein Moshe hat es nicht geschafft, ihn erwischte es am nächsten Morgen, als wir uns schon in Sicherheit wähnten. Er war von etwas, das ich gesagt hatte, abgelenkt gewesen."

„Was haben Sie zu ihm gesagt?", fragte Scherf beinahe automatisch.

„Moshe, gib mir eine von deinen Kippen."

Sie schaute wieder stur nach vor, ihre Hände lagen auf dem Lenkrad, als würde sie fahren.

„Moshe wurde so schwer verletzt, dass er eine Stunde später starb. Wissen Sie, was er gemacht hat, als er getroffen wurde?"

Scherf wollte das nicht wissen. Er wollte weit weg. Er wollte irgendwo sein, wo niemand ist. Und er dachte an seine eigene, nicht wiedergutzumachende Schuld.

„Warum erzählen Sie mir das?", brachte Scherf schließlich hervor. Sie schien ihn nicht zu hören, sondern war in die Zeit jener Geschehnisse entrückt.

„Als er getroffen wurde, aß er gerade. Er kaute konzentriert und mechanisch an seinem Brot, das er in der linken Hand hielt, welche ihm noch geblieben war. Der rechte Arm fehlte."

Leise tickte das Taxometer.

Scherf bezahlte die Rechnung, sie steckte das Geld wortlos in eine kleine Ledertasche, wie sie Kellner früher einmal benutzt haben.

„So machen wir alle weiter", sagte sie, als sie ihm die Quittung überreichte. Und dann im Flüsterton:

„Auch wenn man erkaltet ist – es muss immer etwas glimmen, sonst erfriert man. Verstehen Sie das?"

Scherf war nicht sicher, ob er verstanden hatte, aber seine Unruhe vertiefte sich. Er überquerte hastig die Straße, die ihm laut und chaotisch schien. Dann hörte er quietschende Bremsen. Etwa zwanzig Meter von ihm entfernt hatte der weiße Mercedes einen Mann angefahren, der sich laut fluchend erhob und seine Jacke abputzte. Er redete wutentbrannt auf die Fahrerin ein, sie aber saß bewegungslos in ihrem Auto.

Allmählich verliefen sich die Passanten.

Alle machen wir weiter…, dachte Scherf, der inzwischen in der Lobby angekommen war. Wenigstens der Portier nahm von ihm freundlich Notiz. Er war wirklich spät dran.

7

Die elterliche Befürchtung, Sam würde, wenn sie so weitermachte, auf der Straße enden, hing schwer über ihr. Wie um dieses Orakel herauszufordern, hatte sie sogar einiges dazu beigetragen. Gegen den Wunsch ihrer Familie, die in Ischgl, einer Kleinstadt im Gebirge, Skihotels und Lifte betrieb und die Hauptstadt aus Angst vor Verbrechern mied, war Sam nach Wien gegangen, hatte sich nach ihrem *Coming-out* einen neongrün gefärbten Undercut zugelegt und an einer Privatuni im Studienfach *Dance and Body Performance* eingeschrieben.

Rastlos, aber ohne Ziel zog sie seitdem in jeder freien Minute durch die Stadt. Liebte es, sich zu verirren. Die hohen Gründerzeithäuser, die zahllosen Cafés und Geschäfte, die leuchtenden Roadside-Screens an den Fassaden der Nobelboutiquen, die Skateboard-Parcours, Ampeln und Rolltreppen, einander widersprechende Verkehrszeichen und die aufflatternden Tauben gefielen ihr. In allem sah sie Zeichen und Versprechen. Aber vieles schien sein Geheimnis für sich behalten zu wollen. Sie sah Schilder für Tanzschulen oder Tischlereien, die längst nicht mehr existierten. Besonders melancholisch stimmte sie ein vergilbtes Schildchen an einer Häuserwand mit der Aufschrift: Ella Firbas, Gesangslehrerin. Wer mag sie wohl gewesen sein?

Abends begannen die Straßen verheißungsvoll zu schimmern. In den respektgebietenden Häusern schienen Menschen und Geister einträchtig miteinander zu leben. Das schwindende Tageslicht verschmolz mit den farbigen Kreisen und Quadraten der Ampeln. Egal, ob jemand in der Nähe war, die Ampeln, diese allgegenwärtigen Herrscherinnen, entschieden mit kalter Gerechtigkeit über Fluss und Stillstand.

Was uns mehr erreicht als Bilder sind Bewegungen, sie zeigen uns, dass da Leben ist, schrieb Sam mit dem Ernst ihrer neunzehn Jahre ins Tagebuch.

In den Bergen war alles immer so still gewesen, leer und überall Schnee, manchmal bis Anfang Juni. Einsame Wälder und Wiesen. In Wien hingegen ist alles immerzu in Bewegung. Verpflichtungen zu haben, war unabdingbar, wenn man zu den Städtern gehören wollte. Gingen einem die Verpflichtungen aus, würde man langsamer und langsamer werden, bis man schließlich stillstand. Von da war es nicht weit zu den Ausgestoßenen. Obdachlose haben keine Verpflichtungen, zumindest, solange sie wach sind, und über ihre Verpflichtungen im Schlaf wusste man nichts. Sam buhlte um Zugehörigkeit zu den Vielbeschäftigten, die voller Stolz niemals Zeit hatten.

Der Geruch der Mülltonnen in dieser Stadt ist fast schon ein Duft, der Geruch der Freiheit, so süß wie herb, lautete eine weitere Notiz in Sams Tagebuch, über die sie später lachen würde. *Städte lassen sich am Geruch ihres Mülls erkennen.*
Dennoch ekelte sie sich auch. Vor Hundescheiße, vor den Pädos, vor Studi-WGs mit fucking WC am Gang, vorm krassen Verkehr. Die Leichtigkeit des *Urban Lifestyle* wollte sich bei ihr nicht einstellen. Es fehlte ihr an *Swag*. War sie abgelenkt, passierte es immer noch, dass sie Fremde grüßte, die entweder verwundert zurückgrüßten oder sie mit leeren Augen anstarrten. Wollte Sam einer der Tänzerinnen ihrer Klasse nach langem Zögern etwas sagen, hatte die sich längst anderen Dingen zugewandt. Wenn sie Leute kennenlernte, stellte sich bald heraus, dass sie wie Sam selbst vom Land kamen. Nie waren welche aus Wien darunter. Meinungen zu haben, das begriff sie immerhin, war inzwischen altmodisch. Deshalb waren ihr ihre vielen Ansichten peinlich; und die Nachsicht anderer kein Trost.
Nachdem sie monatelang durch Wien gestreift war, war Sam nun diejenige, die einfach nur herumstand, während die Geschäftigkeit der anderen sie umspülte. Sie stemmte sich gegen den steten Menschen-

strom, in dem jeder einzelne überzeugt schien, sein Ziel selbst ausgesucht zu haben. Diese nicht enden wollende sinnlose Geschäftigkeit musste gestoppt werden: *Sie finden keinen Ausweg. Die Straßen sind ihnen Befehle, denen sie sich fügen müssen.*

Manchmal musste Sam einfach laufen und immer weiter laufen, bis die Stadt endlich aufhörte. Wenn sie dann, völlig außer Atem, einen Hügel erreichte, den vermeintlichen Horizont, fand sie sich wieder nur der Stadt gegenüber.

Ich will, dass wir alle Farne werden, die sich langsam in der Strömung wiegen und dem Ort zusprechen, der sie umfaltet. Ich will, dass die Stadt jeden Tag anders aussieht, mit sich zu Rate geht und neue Formen probiert.

8

Margarethe zog die Decke enger über ihre Schultern. Sie empfand mit einem Mal ein starkes Vertrauen in ihre Umgebung, als hätte sich alles zum Guten gewendet, und schloss für einen Moment die Augen. Sie saß an einem der Tische, die für Raucher bereitgestellt waren, bestellte noch einen Espresso und einige Petits Fours.

Die Sonne war hinter den Wolken verschwunden, es hatte wieder zu schneien begonnen. Bald glänzte der

Judenplatz im frischen Schnee. Die Italiener nennen diese Art Schneefall *Fazzoletti*, kleine Taschentücher, erinnerte sich Margarethe verträumt. Eine Frau und ihr Kind fuhren auf Fahrrädern vorbei, der Schnee knirschte. Das Kind blieb stehen, zeigte auf etwas und gab einen Laut von sich. Die Mutter bremste ebenfalls, stieg ab und drehte sich um. Margarethe folgte ihren Blicken und sah, dass das Kind auf einen roten Luftballon zeigte, der durch die Luft schaukelte. Mutter und Kind standen einträchtig nebeneinander und sahen ihm nach. Das Kind juchzte.

Der Ballon stieg hinter einem Vorhang aus zartem Schneefall höher und höher. Für eine Weile schienen die Menschen vergessen zu haben, was sie tun oder wo sie hinwollten, und folgten der Reise des Luftballons. Oder kam es nur Margarethe so vor? Sie streckte die Beine aus und ließ ihre Augen an der roten Kugel am Himmel ruhen. Wie weit er wohl fliegen würde?
Eine kindliche Sorge um sein Wohlergehen erfasste sie. Immer höher stieg auch sie in Gedanken, geriet in den Bann des Ballons, und sah dort oben plötzlich ihre Großmutter, die lachte und winkte. Margarethe winkte erfreut zurück, noch bevor sie sich wunderte. Dann bemerkte sie, dass ihre Oma Rita im Arm hielt. Auch übersah sie weite Teile der Stadt in verschneiter Pracht. Wien, das es genauso gut nicht geben könnte, Wien, ein Anachronismus. Am Rand eines unmaß-

geblichen Landes war diese Insel eines Tages aufgetaucht, ein ehrfurchtgebietendes Mahnmal, errichtet von einem vergessenen Volk, das einst ein Riesenreich beherrscht haben mochte.

Wie von ferne drangen gedämpfte Stimmen an Margarethes Ohr:

„In Wien gab's früher viele Sargfabriken. War ein großes Geschäft. Wegen der spanischen Grippe."

„In den zwanziger Jahren?"

„Genau."

„Die Produktion ist nach China ausgelagert worden, wisst ihr? Das Holz dafür bestellen sie aber immer noch bei der Forstverwaltung, wenn auch freilich nicht alle Särge in China gemacht werden."

„Nicht?"

„Sie haben uns vom Geschäft etwas übriggelassen."

„Hier in Wien?"

„Nein. In Schwechat. Da gibt es nach wie vor eine Produktion."

„Und was wird – "

Eine Berührung am Arm ließ Margarethe aufschrecken. Es war eine junge Frau, ganz in Schwarz gekleidet, mit zahlreichen Metallringen im Gesicht und an den Ohren. Sie hielt eine Zigarette in der Hand und schien Feuer zu wollen. Als sich Margarethe gefangen hatte, bedauerte sie, kein Feuerzeug bei sich zu haben. Die Frau starrte sie an, bis ein Lächeln Margarethes die Situation entspannte. In diesem Moment steckte die Frau ihre Zigaretten ein, als hätte sie plötzlich beschlossen, mit dem Rauchen aufzuhören, und ging eilig davon.

Margarethes Tochter war beinahe zwei Jahre alt. Seit der Geburt hatte sie Rita tagtäglich um sich gehabt. Erschöpfung, Freude, Ärger, Tränen und Geschrei hatten ihre Tage geprägt. Doch nun blitzte ein neuer Gedanke auf: *Rita könnte jederzeit sterben.*

Der Ballon war jetzt außer Sicht, auch Mutter und Kind waren weitergeradelt.

„Und was – ich meine, welche Särge werden in Schwechat gemacht?"

„Kindersärge und Übergrößen."

„Vielleicht gibt es einen chinesischen Aberglauben, der vor der Herstellung von Kindersärgen zurückschreckt."

„Du meinst, die Herstellung zieht das Unglück an?"

„Naja, gruselig muss es schon sein in der Abteilung *Maßanfertigung.*"

„Auch Übergrößen sind selten ein gutes Zeichen."

9

Obwohl er sich auf seine Akten konzentrierte, konnte Fiedler das Spektakel der Moleküle um sich herum fühlen, und das war, wie er aus Erfahrung wusste, kein gutes Zeichen. Also tat er, was ihm seine Ärztin empfohlen hatte. Er setzte sich aufrecht hin, versuchte, tief zu atmen und den Körper zu entspannen. Dann entließ er seine Gedanken aus dem *Tunnel der Juristerei*, wie seine Ärztin das nannte. Er dachte an Luft, an kühle, reinigende Luft, an Luftballons, und schließlich fiel ihm aus keinem näher zu bestimmenden Grund Andreas Scherf ein.

Die Kanzlei hatte rasch einen bombastischen Spitznamen für Scherf zur Hand gehabt: der Rhetor. Bis zu Fiedler hatte sich der Name schon durchgesprochen, und er war gewöhnlich der Letzte, der solche Sachen erfuhr. Für Fiedler war Scherf ein Kind, das stets den Verdacht hegte, es würde ihm etwas vorenthalten, ohne jeweils genau zu wissen, was. Luftballons immerhin schien er zu mögen ...

Fiedler saß in seinem Büro, das von der Wintersonne erleuchtet war. Die Struktur des bedruckten Papiers trat beunruhigend deutlich hervor und zog sich nur langsam wieder auf seine übliche Erscheinung zurück. Die Moleküle sirrten noch, hatten sich aber ein wenig beruhigt.

Dann hörte er das Klacken genagelter Schuhe auf dem Parkettboden, den Stepptanz der Burschenschafter und Gutsherren. Als er aufschaute, stand ausgerechnet Andreas Scherf in seinem Büro. Scherfs nachträgliches Anklopfen am Türrahmen – anscheinend sein Markenzeichen – war äußerst zaghaft gewesen.

„Herr Doktor Scherf?"

„Herr Doktor Fiedler, gestatten Sie mir, umstandslos zur Sache zu kommen: Frau Burov würde substanzielle Informationen willkommen heißen. Sie wüsste gerne, wie weit die Vorbereitungen gediehen sind", sagte er. Scherf hatte seine Worte sorgfältig vorbereitet.

Burov war lästig und ungeduldig mit ihm, Scherf, geworden, also musste er in die Offensive gehen. Was wusste Fiedler? Scherfs Problem war, dass Fiedler sich überaus bedeckt hielt, und er noch keine Gelegenheit gefunden hatte, dessen Büro einer Inspektion zu unterziehen.

„Ist mir bekannt", antwortete Fiedler nach einer kurzen Pause. Warum interessierte der junge Kollege sich so sehr für die Burov? Hatte sie ihn kontaktiert? Interessant! Fiedlers Instinkte waren geweckt. Das Unheimliche an Scherf war nämlich, dass er darauf bedacht war, sich niemals in die Karten schauen zu lassen. Ein bisschen originell, aber nicht ungefährlich, dachte Fiedler.

Die alte Aversion, die er gegen den Kollegen hegte, erlangte wieder die Oberhand. Scherfs Auftreten schien ihm zwischen schlecht kontrolliertem Zorn und Überheblichkeit zu oszillieren, verbunden mit der Begabung, rasch beleidigt zu sein.

„Ich weiß, ich rufe sie zurück", sagte Fiedler, ohne Scherf anzusehen. Das klang in Fiedlers eigenen Ohren dann doch etwas zu eilfertig, deshalb fügte er hinzu: „... falls ich heute noch Zeit dafür finde."

Scherf bewegte sich nicht.

„Wie stehen denn nun die Vorbereitungen?", sagte Scherf zu seinen polierten Schuhen.

„Wie? Was?"

Die Burov-Agenda ging Scherf nichts an. Fiedler verzichtete darauf, dies deutlich zu machen.

Scherf verließ Fiedlers Büro wortlos und schloss die Türe hinter sich übertrieben behutsam. Fiedler schob seine Löschwiege auf der Schreibtischplatte hin und her. Es plagte ihn das schlechte Gewissen.

Letzten Sonntag hatte er seinen Laptop auf der Terrasse stehen lassen und dies erst am frühen Abend, nach einem heftigen Wolkenbruch, bemerkt. Nach einer Schrecksekunde trat er rasch zum Gerät und tippte etwas ein. Der Bildschirm zeigte ein Textdokument, das übersät war mit unsinnigen Buchstabenkombinationen, wandernden Zeichengruppen und blinkenden Silben; dann erschien das Datum eines längst versunkenen Tages.

Fiedler erlag der eigentümlichen Vorstellung, dass sein Computer ihm noch etwas mitteilen wollte. Doch bevor sich dies erfüllte, erloschen der Computer und mit ihm die rätselhaften Codes. Sie taten das scheinbar widerwillig, in scharfem Gegensatz zu dem rasenden Tempo, das die Maschine sonst an den Tag legte. Beinahe gerührt sah Fiedler zu, wie der Laptop die letzten Daten in den Äther aushauchte.

Er stand noch lange vor seinem noch ziemlich neuen, nun vermutlich wertlosen Computer, von dem er kein Back-up hatte und der irgendwann an diesem Abend mit letzter Kraft eine Daten-Disk ausgestoßen hatte, die ebenfalls defekt war.

Der Regen fiel beinahe lautlos und vergrößerte die Wasserlache, die sich um das Gerät gebildet hatte. Windböen hatten Laub in allen Größen, Formen und Braunschattierungen über die Tastatur gestreut. Fiedler betrachtete alles genau. Schließlich ließ er den Computer einfach stehen, wo er war. Ein Ort des Friedens, den er nicht weiter zu stören gedachte. Dann fragte er sich, wie lange es wohl dauern würde, bis die ersten Gräser anfliegen würden. Als er die Tür hinter sich schloss, musste er an den Hernalser Friedhof und an Maries Grab denken. Dort regnete es jetzt auch. Er war schon länger nicht mehr bei ihr gewesen. Diese kurze Gedankenversunkenheit genügte, dass Fiedler – gleichsam ohne sein Wissen – eine vertraute Nummer in sein Telefon tippte. Warum? Vielleicht hatte er sich an etwas erinnert, das er erzählen wollte, irgendetwas aus seiner Kindheit, das geschah in letzter Zeit öfter. Die Nummer hatte Marie gehört. Er lauschte der Computerstimme. Immer mehr Telefonnummern seines iPhones waren mit keinem Anschluss mehr verbunden. Er wagte es nicht, sie zu löschen. Dass hingegen seine sämtlichen Aufzeichnungen über die Delogierungsklagen der Burov in ihr Nirwana eingetreten waren, fiel ihm erst später auf, irgendwann kurz vor dem Einschlafen.

Do you know nothing? Do you see nothing? Do you remember nothing?
I remember.

10

Und endlich schien es für Sam zu laufen. Sie datete Doro, eine Tänzer:in aus ihrer Klasse. Ihre gemeinsame Abschlussperformance trug den Titel *Gender Bias Apophenia* und brachte ihnen ein Stipendium ein. Gemeinsam gründeten sie daraufhin eine *Dance&Performance Company* mit dem Namen *Dyke's Playstic*. Doch dann wollte Doro ohne Vorwarnung als Mann gelesen werden und begann Medikamente einzunehmen, die ihn in so schwere Depressionen stürzten, dass er sich gezwungen sah, wieder zu seinen Eltern nach Bregenz zu ziehen. Nur vorübergehend, wie Doro, der sich nun Jamie nannte, ihr in einer Whatsapp schrieb. Das war sieben Monate her, und seitdem hatte Sam nichts mehr gehört. Es war ihr, als hätte jemand die Welt ausgewechselt.

Nach einer Phase heftiger Trauer, in der sie sich in ihrer Dreizimmerwohnung vergrub, hatte sich Sams Blatt erneut gewendet. Sie lernte Ella kennen. Sam lebte auf, war nun sogar bereit, wieder einen positiven Blick auf die Welt zu richten. Ein neuer Schwung kam in ihren Schritt, wenn sie zum Training ging.

Was sollte das eigentlich heißen, sie würde „auf der Straße" enden? Fuck Ischgl, dachte Sam voll retrospektiven Zorns, *hier,* in Wien, endete jede und jeder auf der Straße.

Als sie in Hernals ein paar Besorgungen machte, kam ihr dann auch gleich so jemand entgegen. Sie waren im Augenblick die einzigen Menschen weit und breit – einer dieser seltenen Momente von Stille in einer großen Stadt. Der kleine Mann trug eine komisch bunte Mütze, ähnlich jener, wie sie dieser krasse Maler-Typ der Müllverbrennungsanlage verpasst hatte. Könnte also auch ein alter Künstler sein?, dachte Sam und straffte ihren Körper. Sein Alter war schwer zu schätzen, mindestens fünfzig, taxierte sie. Der Mann hob etwas vom Boden auf, umstandslos, vielleicht einen Handschuh. Schön, dass er sich um seine Umwelt kümmert, dachte sie. Dann begriff Sam, dass es sich um eine tote Taube handelte, und es beschlich sie leiser Ekel. Als die Person noch etwa zwanzig Meter entfernt war, räusperte sie sich hörbar. Dann spie sie einen Schleimklumpen auf den Gehweg. Sam wechselte die Straßenseite, ohne sich noch einmal umzusehen. – Sam war nicht ihr richtiger Name.

11

Fiedler hatte sich aus der Kaffeeküche Kräutertee geholt, der nach zusammengekehrtem Unkraut schmeckte, und dachte, während er auf seine Assistentin wartete, beunruhigt an den gestrigen Nachmittag zurück.

Er hatte sich auf einer schlecht gesicherten Baustelle wiedergefunden, bis zu den Knöcheln versunken in schlammigem Wasser. Und wusste nicht, wie er dorthin gekommen war. Das war an sich nichts Neues. Dennoch war etwas anders als sonst. Er bemühte sich zu verstehen, worin die Veränderung bestand. Sattsam bekannte Ödnis, die ihn zu verfolgen schien. Er spielte nicht zum ersten Mal mit der Idee eines vorgezogenen Abgangs.

Dann begriff er. Nichts war anders. Er nahm die Welt nur anders wahr. Es war das erste Mal, dass ihm das aufgefallen war. Fiedler war sich schon öfter beinah auf die Spur gekommen, aber die Intuition, dass nicht die Außenwelt, sondern seine Innenwelt sich veränderte, wenn er in eine Krise rutschte, dämmerte ihm erst jetzt. Irgendwo in ihm gab es einen unabhängigen Beobachter. Die Gegenden seiner ungewollten Märsche waren in ihrer Trostlosigkeit einander ähnlich, sie waren ihm bekannt, ohne dass er sie kennen musste. Es war seine höchst persönliche Seelenwüste.

Vielleicht wäre er in der Lage, eine neue Perspektive zu finden?

Menschenleere Straßen ohne Geschäfte oder mit dem Schild *Zu vermieten* vor den Rollläden, ein paar verstaubte Exponate hinter dunklen Scheiben dort und da, Werbung für Unterwäsche, die längst niemand mehr trug; nicht einmal ein Supermarkt war zu sehen. Löchriger, durch den Frost von Jahrzehnten uneben gewordener Asphalt, mit Teer ausgebessert vor kaum weniger langer Zeit, wie Narben mit aufgeworfenen Rändern, durchbohrt von verdorrten Gräsern. Brackige, blinde Lachen, darüber ein fehlfarbener Himmel, der nicht verriet, wo die Sonne stand.

Rasch verlor Fiedler seine scharfe Geistesgegenwart wieder und begann entmutigt zu eilen, dann zu laufen.

Nur eine Panikattacke. Nur wieder eine gottverdammte Panikattacke. Er lief durch eine gedimmte Welt, vorbei an Häusern mit namenlosen Klingelbrettern, an Hundekot und Bretterzäunen mit verblichenen Plakatresten. Wie schnell jede Neuigkeit vom Vergessen verschluckt wird!

Fiedler trabte immer weiter durch die Gassen. Dann kam er an einer anderen Baustelle vorbei, die Farben ausschließlich grau und braun, mit halb in den Morast gekrochenen Maschinen, auch hier nirgendwo ein Mensch, vielmehr der Tod von allem oder die Ruhe vor dem Weihnachtsbrimborium mit Baum, Gans und Blaukraut.

Als er die U-Bahn-Station erreichte, ließ er sich, um Luft ringend, auf eine der Bänke fallen. Als nach einer Weile das Seitenstechen nachließ und die Angst dem Ärger über seine schlechte Kondition wich, schaute er sich um und wollte über die augenscheinliche Unbewohnbarkeit der Welt beinahe lachen.

Alles war grau: Fenster, Stein, sogar das Abendlicht, graue, verschlossene Gesichter, unbeteiligte, apathische, erloschene Menschen, die keine Blicke erwiderten. Eine Welt ohne Kinder.

Unbehagen schien über der ganzen Stadt zu hängen. Dies alles kannte er nur zu gut, was sollte er anderes tun, als darüber lachen? Er hatte gehofft, dass ihm die neuen Medikamente Erleichterung schaffen würden. Fiedler lachte bitter, weil sich die Welt seinem Verstehen entzog.

Die Leute um ihn herum begannen ihn interessiert zu mustern. Wie um zu beweisen, dass mit ihm alles in Ordnung war, zog er sein iPhone hervor und ließ seine Assistentin Margarethe Schwartzberg wissen, dass er nicht mehr ins Büro kommen würde – nein, alles ok, sie könne Feierabend machen. Ob sie aber am Vierundzwanzigsten am frühen Nachmittag noch für ein paar Stunden kommen könnte, es wäre noch etwas zu erledigen, aber selbstverständlich nur, wenn es sich machen lässt. Wie bitte? Ob was? Nein, er habe nicht daran gedacht, vielmehr keine Zeit gefunden, sie solle doch Doktor Scherf bitte ausrichten, dass er, ja genau, das Übliche. Dann bis morgen, also. Die Passanten hatten verstanden. Doktor Fiedler fand sich wieder in ihren Reihen, noch bevor die U-Bahn einfuhr. Das änderte natürlich nichts daran, dass ihm die Angst in den Magen gekrochen war.

12

Hermi war wie jedes Jahr am Vierundzwanzigsten in der Kanzlei. Sie liebte diesen Vormittag, wenn alle schon in den Ferien waren, letzte Besorgungen für den Abend machten oder die Kinder zum Rodeln in den Park brachten. Heuer lag auch endlich wieder Schnee. Sie war allein und konnte in ihrem Tempo arbeiten. Die Wintersonne funkelte herein, und vom Bürofenster aus sah sie die Weihnachtsbeleuchtung von oben. Die war noch nicht eingeschaltet, glitzerte aber in der Sonne. In diesem Augenblick fiel ihr Jasminas Sonnenbrille ein.

Hermi hatte einige Kolleginnen gehabt, die sich zu Tode gearbeitet haben. Jasmina gehörte dazu. Die hetzte ohne Pause durch die Zimmer, durch die „Zimmerfluchten", wie Hermi gern sagte. Ihr selbst wird das nicht passieren, aber wissen kann man es doch nicht, dachte sie. Oft war sie mit Jasmina eingeteilt gewesen, auch hier in der Kanzlei, in diesem schwer heizbaren Dachgeschoss.

Zunächst hatte man Jasmina in Frühpension geschickt. Das hatte sie aber nicht verkraftet, also hatte sie schwarz geputzt, und das brachte sie dann endgültig ins Grab. Manche lernen es eben nicht, dachte Hermi. Als Jasmina mit dem Arbeiten wieder begonnen hatte, weil es mit ihrem Mann, dem Säufer, zu Hause nicht auszuhalten gewesen war, putzten sie noch ein paar Mal gemeinsam, aber sie selbst hatte sich dabei nicht mehr wohl gefühlt. Jasmina hetzte immer noch furchtbar herum, das wäre an sich nicht so schlimm gewesen, wenn die Hektik nicht auf sie übergesprungen wäre. Nein, gesagt hat sie nichts zu Jasmina. Aber manche Leute verbreiten halt so eine Atmosphäre um sich herum. Und immer, wenn sie gemeinsam arbeiteten, stand etwas Ungutes im Horoskop:

Auch wenn Sie heute schlecht behandelt werden: Bewahren Sie Haltung und zeigen Sie nicht, dass Sie etwas trifft, man würde es Ihnen nur als Schwäche auslegen.

So war es dann auch. Jasmina hatte sie um ihre wohlverdiente Kaffeepause gebracht, dabei ist bei dieser Hetzerei gar nichts mehr herausgekommen. Früher, ja, da hatte Jasmina für drei geschuftet, so schnell konnte man gar nicht schauen, war sie schon wieder fertig, und überall blitzte es. Dass sie auf diese Weise weniger und nicht mehr verdiente, schien sie nie gestört zu haben. Manche lernen es eben nicht, dachte Hermi wieder.

Wie es dann mit ihr bergab gegangen ist, hetzte sie noch immer herum, doch blieb der Schmutz meist liegen. Also musste Hermi hinter ihr herputzen; auch sie ist nicht gerade von schlechten Eltern. Selbst den Kunden wurde die Atmosphäre langsam unangenehm – eine ältere Frau, die wie eine Besessene durch die Wohnung hetzte, die Chemo machte einen auch nicht gerade schöner, aber bitte. Solange sie noch einen Job hatte, half Hermi ihr, man ist ja nicht so. Obwohl, man hat auch seine Grenzen. Man hat ja auch ein eigenes Leben. Deshalb ist sie dann nicht ins Krankenhaus gegangen, als Jasmina im Sterben lag. Jasmina war schon eine gute Kollegin, da kann man nichts sagen, aber man hat auch sein eigenes Leben. Immer hat sie sich bemüht, die Jasmina zu trösten, wenn es ihr wieder einmal dreckig ging, wenn ihr Mann sie um drei in der Früh aus dem Bett gewatscht hat und die Arme am nächsten Tag blaugeprügelt und halb erfroren in die Arbeit gekommen ist. Und als sie dann von ihm wegwollte, hat er ihr die Haare büschelweise ausgerissen. Dass sie weg hat wollen, das war ihm dann doch zu viel gewesen.

Kopf hoch und durch, hatte Hermi damals auf Jasminas Kopf zugesagt, von dem nur das Gesicht zu sehen war. An diesen Tagen trug sie ein Kopftuch, wegen der Blutergüsse.

Und immer war sie dann noch schusseliger, die Arme. Aber so ist es eben, das Leben! Hermi hatte ihr eine Kippe angeboten, obwohl sie wusste, dass Jasmina nicht rauchte, aber wenn es ihr dreckig ging, nahm sie eine, als hätte sie das kurz vergessen gehabt. Wenn sie in der Nacht davor wieder einmal geschlagen worden war, ließ sie Hermi am nächsten Vormittag unbehelligt ihre Kaffeepause machen. So hat alles auch sein Gutes.

Einmal schenkte Hermi Jasmina eine dunkle Sonnenbrille vom DM, damit sie ihr blaues Auge verstecken konnte. Jetzt siehst du aus wie die Monroe, hatte sie zu Jasmina gesagt, als diese sie kurz aufsetzte. Jasmina lachte nicht. Sie wusste vermutlich nicht, wer Marilyn Monroe war.

Den letzten gemeinsamen Job hatten sie in der Ungargasse im dritten Bezirk, einer Wohnung mit fünfzehn Fenstern, doppelten Flügeln bei Innen- und Außenfenstern. Dazu noch im vierten Stock. Die Jasmina hatte ja nie etwas zugegeben. Sie war schon schrecklich mager im Gesicht, nur ihre Arme waren seltsam angeschwollen. An diesem Tag, da hat sie die Kontrolle verloren. Gerade hatte sie begonnen, ein Außenfenster zu putzen, da ist ihr schwindelig geworden. Hermi war mit der Küche beschäftigt, als sie einen Schrei und, beinahe gleichzeitig, ein lautes Platschen hörte. Sie lief zu Jasmina, und aus dem Wohnzimmer kam auch die Besitzerin angelaufen.

Jasmina lag auf dem Boden und weinte, ein Bein im umgestürzten Eimer, nachdem sie auf dem schmalen Fenstersims die Balance verloren hatte. Um ein Haar wäre sie auf die Straße gestürzt.

Auf dem neuen Parkettboden hatte sich ein schwarzer Teich gebildet, mit kleinen Schiffchen darauf – die zum Putzen zusammengeknüllten Zeitungsseiten.

Dabei hatte sie zu dieser Zeit nicht einmal so schlecht ausgesehen. Zuvor war sie schon schlechter beisammen gewesen. „Jetzt, wo meine Haare nachwachsen, kommt auch wieder eine Hoffnung auf", hatte sie gesagt. Hermi hatte ihr zugestimmt. Richtig putzig sah sie mit ihrem Bubikopf aus. Jugendlich. Nach einer Pause, in der Hermi nichts weiter zu sagen gewusst hatte, fing Jasmina zu heulen an, so seltsam, wie Hermi es nie vorher gehört hatte, so kraftlos und trocken, als wären alle Tränen aufgebraucht gewesen.

„Weißt, es sind diese ewigen Schmerzen, und mir hilft ja niemand, der Ali will ja auch immer was von mir, ich soll nicht nachlassen, sagt er, sonst ist es aus mit mir."

„Wird schon wieder", hatte Hermi nach einer langen Pause schließlich gesagt, aber gedacht hatte sie: Jetzt wird's mir aber zu bunt, man ist ja auch nur ein Mensch, und dann fing sie ebenfalls zu heulen an, aber nur kurz, weil es musste ja alles weitergehen. Die Sonnenbrille lag auf dem Boden.

Dann hatte Hermi das Unglück weggeputzt, das über sie und Jasmina gekommen war. Und nun war die Jasmina schon fast drei Jahre tot.

Mit einer Rauchpause versuchte Hermi die Erinnerung zu verscheuchen. Als sie den Aufzug holte, sah sie am Ende des Korridors Doktor Fiedler, einen der Partneranwälte. Was der noch im Büro machte? Sie wollte grüßen, da war er schon verschwunden. Fiedler konnte man nicht grüßen. Fiedler konnte man eigentlich nie grüßen. Er lief immer fahrig in der Gegend herum. Manchmal hatte man das Gefühl, dass er durch Wände gehen konnte. Wenigstens heute, am Vierundzwanzigsten, sollte er sich Zeit nehmen! Das kann ja auf Dauer nicht gesund sein.

Als sich die Lifttür öffnete, schreckte sie kurz zurück; ein unbekannter Mann stand im Aufzug. Der nickte und trat ein wenig zur Seite, um ihr Platz zu machen. In seiner blauen Montur sah er wie ein Schlosser aus, ein Monteur in blauer Montur, vielleicht war er wegen eines Rohrbruchs oder eines Heizungsproblems hier. Eigentlich ein ganz sympathisches Lächeln, dachte Hermi.

„Na, wieder was kaputt in unserem Raumschiff?", fragte Hermi ganz gegen ihre Gewohnheit.

So hatten sie das Dachgeschoss getauft. Als der Monteur nur lächelte, aber nicht antwortete, ermunterte sie das zum Weiterreden.

„Im Winter ist es nicht zum Heizen, und im Sommer ist den Damen und Herren sogar das Hemd zu heiß, weil Jalousien dieser Größe zu viel kosten würden, was sagt man dazu? *Dafür* haben *sie* dann kein Geld mehr, fürs Bauen von so was Unpraktischem aber schon."

Sie waren im Parterre angelangt, die Tür des Fahrstuhls hatte sich mit dem üblichen Klingeln geöffnet, der Mann nickte höflich, ließ ihr den Vortritt und wirkte plötzlich gar nicht mehr wie ein Installateur.

Mit einem Mal ganz ernst, sagte er zu Hermi:

„Sie haben ja recht, vollkommen recht: So etwas entwerfe ich kein zweites Mal."

13

Anfangs hatte sie nicht reagiert, wenn sie mit „Sam"
angesprochen wurde, aber mittlerweile war sie an
ihren neuen Namen gewöhnt. Sam hoffte auf ein
Leben, das zu diesem Namen passte. Gleich nach
dem Ende ihrer *On-off*-Beziehung mit Doro hatte
sie sich eine Glatze rasiert. Das Haar war seitdem
wieder nachgewachsen, sie trug es nun millimeter-
lang und wieder neongrün gefärbt. Denn alles rief
nach Neubeginn. Und der Neubeginn hieß Ella, die
etwas Festes mit ihr wollte. Die stets fröhliche Ella
war Host eines *Alternative Lifestyle*-Podcasts und
oft von Menschen umgeben, mit denen sie bis in
den Morgen hinein Party machte. Anders ausge-
drückt: Ella war anstrengend, fand zumindest Sam.
Aber sie hatte etwas Urbanes, Cleveres, das Sam
unwiderstehlich anzog. Sie waren nun beinahe fünf
Monate ernsthaft zusammen, und nur einmal an-
einander geraten, als das dreiwöchige sommerliche
Tanzfestival stattgefunden hatte. Ella musste jeden
Abend hingehen und bis in die Morgenstunden tan-
zen.

sam: hi ella, frag mich grad, warum musst du jede
Nacht abtanzen?

ella: *??*

sam: bin sauer

ella: *es geht ums abshaken, auspowern, solltest
gerade du verstehen*

sam: ich bin künstlerin, es geht mir nicht ums auspowern, ich arbeite an körperbildern
ella: *whatever*
sam: natürlich hat das nix mit sex zu tun
ella: *warum sollte es?*
sam: warum bist du dann nie zu erreichen?
sam: ?
sam: ella?

Sam musste sich zusammenreißen, wenn ihre „Landei-
Paranoia" erwachte. Dieser Ausdruck stammte von
Jamie. Manchmal vermisste sie Doro, die alte Doro,
aus der Zeit, in der sie noch nicht fucking Jamie
raushängen ließ. Warum lud Ella sie so selten in ihre
Wohnung ein? Sie trafen sich immer bei Sam.

Doch endlich, nach sieben Monaten, einem schier
endlosen Meer an Zeit, kam ein Wendepunkt. Ella
verkündete, dass sie Sam ihre Mutter Doris vorstel-
len wolle. Doris war alleinstehend und sollte den
Vierundzwanzigsten nicht allein verbringen müssen,
entschied Ella. So gingen sie am Vierundzwanzigsten
zum Abendessen zu Doris. Sam hatte eigens einen
Rollkragenpullover gekauft, mit dem sie ihr Vogel-
spinnen-Tattoo verbarg.

Auf dem Weg zu ihrer Mutter erzählte Ella, dass
sie aus einfachen Verhältnissen stamme und sich
ihr Leben hart habe erarbeiten müssen. Als sie vor
dem verdreckten Klingelport standen und läute-
ten, begriff Sam, dass diese Informationen so etwas
wie eine Vorbereitung waren. Ellas Mutter lebte in

einem heruntergekommenen Altbau. Hier also war ihre neue Freundin aufgewachsen. Sie dachte an das gigantische, frostige Landhaus ihrer Kindheit. Als Sam mit Ella und Doris beim Essen saß, fühlte sich die Umgebung überraschend vertraut an, und ihre Nervosität schwand. Nur der Dialekt war gänzlich anders als jener ihrer Heimat. Sam hörte den Plaudereien nur halb zu. Sie war ein bisschen erleichtert; nun, da sie die unkomplizierte Mutter kennenlernte, konnte sie Ella eher auf Augenhöhe begegnen. Sie verlor die Angst vor Ellas Dominanz.

„Mathilda", sagte die Mutter, an Sam gerichtet, die sich wunderte, woher diese ihren alten Namen kannte, „du wirst es nicht glauben, aber als Kind war Ella ein kleines Dickerchen." Sie kicherte. Ella verdrehte die Augen.

„Ach, lass das doch, Mama", sagte sie und versetzte ihr mit dem Suppenlöffel einen kleinen Klaps auf den Unterarm.

Es gab panierten Fisch mit Salat, Petersilkartoffeln und einer Scheibe Zitrone.

„Deine Schwester hat es vorgezogen, ihre kostbare Zeit heute mit ihrem Ex zu verbringen…", sagte die Mutter und ließ den Satz gekonnt im Unbestimmten. Während des Essens begann die Mutter Sam bald „Hildi" zu nennen. Sam begriff, dass eine Lektion über *dead naming* unangebracht wäre.

Cringe war nur, dass Doris sie wie eine gewöhnliche junge Frau behandelte und nicht wie die interessante junge Künstlerin, als die sie sich selbst sah.

„Und was möchtest du später mit der Tanzerei machen?", fragte Doris. „Studierst du auch noch was, so wie Ella?"

Ella sah ihre Mutter mit großen, drohenden Augen an.

„Du studierst?", wandte sich Sam verblüfft an Ella.

„Lass gut sein, Mutter", sagte Ella streng.

„Wusst' ich nicht", bemerkte Sam.

„Tourismus-Management", warf Doris lässig hin, sah aber dabei Ella an.

„So." Sam fühlte Hitze in sich aufsteigen, und ihre Gliedmaßen begannen zu prickeln. Das heiße Bad des Verrats.

„Weiter essen, das wird ja alles kalt", sagte Doris.

„Und *warum* weiß ich das nicht?", fragte Sam, Doris ignorierend.

„Ach Hildi, komm, der Fisch wird kalt, nachher haben wir eh Zeit."

„Sam", sagte Sam.

„Wie bitte?", sagte Doris.

„Mama, ihr Name ist nicht mehr Mathilda, sie heißt jetzt Sam", sagte Ella.

„Oh? Pardon, das wusste ich nicht", sagte Doris und lachte verlegen.

„Also, wir sollten den ..." Doris verstummte plötzlich und griff sich an die Kehle.

„Mama? Alles ok? Was ist mit dir?"

„Doris?"

Die Mutter sah Sam an, ohne etwas zu sagen. Die beiden jungen Frauen starrten Doris an, deren Blick von einer zur anderen wanderte.

Plötzlich kam Doris ein fremdartiger Laut über die Lippen. Ein Röhren. Doris sprang auf und rannte ins Badezimmer. Ella folgte. Sam blieb verdattert sitzen und starrte auf Doris' Teller, auf dem Essensreste lagen. „Mama?", war die panische Stimme von Ella zu hören.

Sam starrte immer noch auf den Fisch. Etwas Weißes, Dünnes in der Länge einer Stecknadel ragte aus dem Fischfleisch. Dann sprang Sam auf. Meine Güte, sie erstickt, dachte sie.

„Sie hat eine Gräte im Hals!", schrie Sam, während sie sich hinter Ella ins Bad drückte.

„Was?" Ella stand unter Schock. Doch dann begriff Sam, dass Ella sie nicht verstanden hatte, weil sie in tiefstem Tirolerisch sprach.

„Sie hat eine Gräte im Hals", wiederholte sie. „Du musst –"

Sam, das Gastronomie-Kind, drängte Ella beiseite, umfasste Doris Körper mit beiden Armen und drückte mit aller Kraft zu. Aber Doris würgte nur. Als Sam das Heimlich-Manöver ein weiteres Mal anwendete, gab Doris ein Röcheln von sich und schien über dem Waschbecken zusammenzubrechen.

Da stieß Ella Sam plötzlich zur Seite und schlug ihrer Mutter mit aller Kraft mit der flachen Hand auf den Rücken. Dabei stieß sie einen Schrei aus, in dem alle

Angst und Wut lag, deren Ella fähig war. Die Mutter schrie auf, begann zu husten und tat nach bangen Sekunden einen tiefen, keuchenden Atemzug, der sie sichtlich viel Kraft kostete, dann drehte sie sich um und begegnete dem hasserfüllten Gesicht ihrer Tochter. Die fauchte sie an und stieß einen weiteren, diesmal kriegerischen Schrei aus. Ihr Gesicht hatte etwas Frettchenhaftes, was Sam erschreckte. Sie legte ihrer Freundin die Hand zwischen die zitternden Schulterblätter, bis sie sich beruhigt hatte. Dann halfen sie der Mutter aufs Sofa, aber die bestand auf ihrem Platz am Tisch.

Ella hatte sich auch wieder gesetzt, Sam stand hinter ihr, und beide beobachteten Doris, die an der Stoffserviette herumnestelte.

„Sam also …, und was studierst du nochmal?", hörte man sie plötzlich in die Stille sagen. Längere Zeit blieb es still, nur der rasselnde Atem der Frau war zu hören und von draußen ein Martinshorn.

14

Obwohl sie bereits zwei Tassen Espresso getrunken hatte, bestellte Margarethe einen dritten und versuchte sich wieder zu sammeln. Hatte Sebastian ihre Tochter schon vom Kindergarten abgeholt? Sie zog ihr Handy hervor und stöberte Sebastians Nummer auf. Doch dann zögerte sie. Was sollte sie ihm denn sagen? Dass er vorsichtig sein sollte? Vielleicht wäre gerade ihr Anruf der Grund dafür, dass er mit seinem lächerlichen Lastenfahrrad einen Unfall hatte. Sie musste sich beruhigen. Sollte sie im Kindergarten anrufen? Die Kindergärtner wären sicher nicht erfreut, wenn Margarethe sie bitten würde, Rita länger da zu behalten, bis sie ihre Tochter selbst abholen konnte. Dabei erwartete Fiedler sie doch im Büro.

Wie spät war es überhaupt?

Der Gedanke an den Tod hatte sie lange begleitet, vor allem, als ihre Großmutter so plötzlich gestorben war. Die Trauer war nach und nach einer Rastlosigkeit gewichen, die das Leben in einem härteren Licht zeichnete. Dann verblassten die beunruhigenden Gedanken, und etwas Neues begann. Doch nichts schien ihr nun vergleichbar mit der entsetzlichen Erkenntnis, dass Rita jederzeit sterben könnte. Eine Einsicht, die in ihrer Wucht beinah an das Ereignis von Ritas Geburt heranreichte. Das Bewusstsein, wie viel man zu verlieren hatte.

„Gretl, warum hat das so verdammt lange gedauert, bis du das verstanden hast?", hörte sie ihre Großmutter fragen.

Ja, warum eigentlich?

Wo war der Kellner? Sie musste ins Büro. Warum noch gleich hatte sie zugesagt, am Vierundzwanzigsten? Ach ja, Fiedler. Sie konnte dem alten Wirrkopf nichts abschlagen. Margarethe trank den Espresso in einem Zug aus und stopfte den Rest der Petits

Fours in sich hinein. „Jetzt ist die Sonne weg", sagte jemand vom Nachbartisch, als sie aufstand.
Was weißt du, Oma? Was kannst du sehen? Wird alles gut?

15

Außer seiner angeborenen großen Klappe hatte Andreas Scherf wenig Imposantes zu bieten. Das schüttere Haar und seine geringe Körpergröße kamen bei den Frauen nicht gut an. Das glaubte er durch die Mitgliedschaft in einem exklusiven Fitnesstempel (Holmes Place in der Innenstadt) auszugleichen, auch mit Anzügen von lässiger Eleganz (Hugo Boss, *slim fit*), Maßschuhen (Markus Scheer) samt diskreten Einlagen sowie in Kürze auch mit Geld (Onkel). Die ersten drei Punkte waren erfolgreich abgehakt. Sein Onkel, der in der Wirtschaftskammer eine große Nummer war, hatte ihm ein Entrée in die noble, alteingesessene Anwaltskanzlei Moretti, Koehler und Partner verschafft. Er fühlte sich in dieser distinguierten Kanzlei wie auf Bewährung. Seine Kolleginnen und Kollegen schienen ihm ein Haufen ambitionsloser Schnarchnasen zu sein, doch er begriff, dass der untadelige Ruf der Kanzlei samt ihrer betuchten Klientel ihm auf der Karriereleiter gute Dienste leisten würde.
Als Maßnahme zur Aufbesserung seines Images zählte Scherf auch sein Auto, das er sowohl vor seinem Onkel

als auch vor den Kollegen der Kanzlei geheim hielt – ein mattlackiertes Frozen Black BMW 6 Cabrio.

Nach längerer Durststrecke an der Frauenfront konnte er vor einiger Zeit eines Abends durch eine etwas diskretere, dafür aber umso kostbarere Connection endlich wieder punkten: seine Beziehung zu einem Shrooms-Dealer. Psilocybinhaltige Pilze waren Scherfs Steckenpferd, das ein gewisses Interesse zu wecken verstand. Die Pilze erlaubten ihm, eine Frau von einer Party wegzulocken und zu einer *Magic Mushrooms Session* zu überreden. Da er zu dieser Zeit noch verheiratet war, gingen sie in ihre Studentenwohnung.

In der kleinen Wohnung der Frau fiel Scherf aber ihr Name nicht ein. Hatte er überhaupt danach gefragt? Die junge Frau legte „Agape" von Bear's Den auf, sie nahmen die Pilze ein und tranken dazu teuren Cognac, den Scherf auf der Party unauffällig eingesackt hatte. Dann hatte Scherf plötzlich die Lust verloren und war vorzeitig aufgebrochen.

Na, ja. Es kam zu allerlei Rumgeschmuse, das man mit gutem Recht auch als Gerangel hätte bezeichnen können. Als sie endlich zu kichern aufgehört hatte und bereit oder willenlos genug war, um mit ihm zu schlafen, bemerkte er, dass er wieder einmal keinen hoch bekam. Er versteckte seine Impotenz hinter einem abrupten Stimmungswechsel, der ihr zu verstehen geben sollte, dass ihm das alles zu kindisch war, und verließ ihre Wohnung.

Den Schrei hörte er, als er bereits in seinen BMW stieg. Doch die Gasse im 19. Bezirk blieb erfüllt vom Schweigen der Reichen und den klickenden Bewegungsmeldern. Auch nachdem der kurze Schrei verhallt war, rührte sich nichts. Döbling schlief.

Scherf stieg aus dem Auto und lauschte. Dann sah er, dass sein Date vom Balkon des dritten Stocks in die Lücke zwischen zwei parkenden Autos gestürzt war.

Mit Erstaunen stellte er dann fest, dass die Frau sich noch bewegte, wenn auch schwach und ohne einen weiteren Laut von sich zu geben. Als ihm einfiel, dass er ihr mehrmals getextet hatte, überkam ihn Angst. Die Wohnung war zum Glück nicht abgeschlossen, er beseitigte hastig alle Spuren seiner kurzen Anwesenheit und löschte die inkriminierenden SMS, sowohl von ihrem als auch von seinem Handy. Susanna war ihr Name gewesen.

Am nächsten Tag stand es in der Zeitung: Susanna T. Ein Sturz aus dem dritten Stock. Ein unerklärlicher, tragischer Unfall. Die Medizinstudentin Susanna T., angehende Kinderärztin, von allen geliebt, das Leben noch vor sich und so weiter, war auf der Stelle tot gewesen. Die Zeitungen zeigten ein altes Foto von ihr, auf dem er sie nicht wiedererkannte.

16

„Tarik Security" stand auf seinem Namensschild-
chen. Tariq mochte es nicht, weil sein Name falsch
geschrieben war und auf seinen Familiennamen
sogar ganz verzichtet wurde. Prompt wurde er von
Angestellten der französischen Botschaft ein paar
Mal mit „Herr Security" angeredet.

„Deniz, Tariq Deniz ist mein Name", versuchte Tariq zu verbessern, gab aber bald wieder auf, weil es
die Verwirrung nur vergrößert hatte. Was war nun
der Vorname? Wie immer saß er in seiner Telefonzelle, von der aus man nicht telefonieren konnte, und
grübelte vor sich hin. Sein Job bot ihm wenig Ablenkung, weshalb die Schemen eines Traumes, denen
er nur wenig entgegenzusetzen wusste, beharrlich
durch seinen Kopf zogen. Tariq konnte sich nur selten an Träume erinnern, doch von der letzten Nacht
war ihm eine Szene in Erinnerung geblieben. Dazu
kam, dass er von einem Kollegen die Frühschicht
übernommen hatte, sodass bis zu seinem Dienst-
antritt nur wenig Zeit verstrichen war.

In seinem Traum hatte ihn eine junge Frau herausge-
fordert. Sie war barfuß auf einen Stuhl gestiegen und
hatte, kaum eine Armlänge von ihm entfernt, einen
langsamen Tanz begonnen. Wo war das? Tariq wusste es nicht. Die Traumszene war von Dunkelheit um-
schlossen, wie von zwei hohlen Händen eines Riesen.
Er sah einen Spaghettiträger des dünnen Kleides von

ihrer Schulter rutschen, als wäre es Teil der Choreografie. Tariq sah ihre zarte Haut, auf der die Adern blassblau durchschimmerten. Wie konnte sie nur so ungeschützt sein? Das empörte ihn. Ihre Kehle war so weiß, so deutlich. Doch die Direktheit, mit der sie ihn ansah, befremdete ihn. Ihr rechter Mundwinkel war leicht nach unten gezogen, was ihrem Gesicht einen leicht abschätzigen Ausdruck gab.

Das Kabäuschen vor der Botschaft, die Tariq bewachte, war eine zugige kleine Kabine, eine ehemalige Telefonzelle, notdürftig mit einem Stromgenerator und einer leise schmurgelnden Elektroheizung ausgestattet. Auf dem Dach lag etwas Schnee, der, langsam schmelzend, auf seine Dienstkappe tropfte. Ächzend stand er auf, froh, etwas zu tun zu haben, und verließ die Kabine. Mit einem Besen, der kaum mehr Haare hatte als er selbst, wischte er den tauenden Schnee vom Dach. Tariq war ein übergewichtiger Mann mit schlechter Verdauung und Bluthochdruck, der sich in einer gewissen Rötung des Gesichts zeigte.

Seit Ewigkeiten saß er schon vor diesem Gebäude. An sein Herkunftsland konnte er sich kaum erinnern, er hatte es bereits als Kind verlassen, nach dem Tod seiner Eltern. Kaum zwei Jahre später war er bei einer Pflegefamilie untergekommen. Tariq war seines Pflegevaters Liebling gewesen. Eigene Kinder hatte die Familie nicht. Thomas war sein Name. Er hatte dem kleinen Tariq die ewiggleichen Geschichten über dessen Heimat erzählt, die ihn so gruselten, dass er sich bei Thomas verstecken musste. Über die große, dunkle Stadt Kars in Ostanatolien, am Berg Ararat. Ein Plateau in der Kälte, versunken in Schnee und Einsamkeit. Es gruselte ihn, aber er mochte die Geschichten nicht missen.

Später hatte Tariq eine Verlobte, Pinar hieß sie, und alle hatten das Paar schon auf ihrem vorgezeichneten Weg gesehen. Nur Pinar, so stellte sich heraus, hatte andere Pläne. Sie betrog Tariq mit einem Einheimischen, einem Autohändler, der ihnen ihren ersten Neuwagen verkauft hatte. Tariq war wortlos dabei gestanden, als sie ihre Habseligkeiten packte, und erinnerte sich noch an seine Überraschung darüber, wie wenig sie hatte. Sie war in kaum zwanzig Minuten fertig gewesen und hatte die gemeinsame Wohnung mit nur einem Koffer und einem Trolley verlassen. Der Trolley hatte eigentlich ihm gehört.

Erst später war ihm der Verdacht gekommen, dass Pinar in seiner Abwesenheit davor schon Verschiedenes weggebracht haben könnte. Er sah durchs Fenster, wie sie in ein Taxi stieg, nicht ohne ihr Kopftuch fester zu binden, fester als sonst, wie ihm schien. Danach war der Platz vor dem Haus leer geblieben. Die Sirene eines Einsatzfahrzeugs war in der Ferne zu vernehmen gewesen, sonst nichts.

Er hörte ein Motorengeräusch und blickte auf. Ein Junge kam auf einem Moped und blieb in einigem

Abstand zur Botschaft stehen. Der unmittelbare Ausfahrtsbereich war mit einem rostigen Schranken gesichert, den Tariq neuerdings händisch anheben musste. Irgendwann im Winter war der Mechanismus kaputtgegangen, die Reparatur ließ auf sich warten. Tariq schob die Kappe aus der Stirn und betrachtete den jungen Mann. Der tippte etwas in sein Handy. Der Motor seines Mopeds tuckerte, der Auspuff schickte kleine Wölkchen in die Winterlandschaft. Irgendein Araberbursche, der hier rumlungert, dachte Tariq. Er setzte sich wieder in seine Kabine und bemerkte, dass die Tropferei auf dem Dach noch immer nicht aufgehört hatte, und verdrehte den schweren Körper, um dem Rinnsal zu entkommen. Da plötzlich spürte er einen stechenden Schmerz in der Seite. Als er wieder Luft bekam, fluchte er. Vorsichtig richtete er sich auf. In der engen Zelle war nicht genug Platz zum Ausweichen. Was tun? Sollte er seinen Pappbecher auf die Kappe binden, um die Tropfen aufzufangen? Der Junge beobachtete ihn, so schien es Tariq. Er kam sich lächerlich vor und schob sein Taschentuch diskret in die Kappe. Der Araber machte ihn wütend, als wären seine Schmerzen dessen Schuld. Einen Moment bildete Tariq sich ein, der Junge winke ihm spöttisch zu. Dann fiel ihm sein Traum wieder ein.

Er war nicht sicher, was die Frau des Traums, die nun eher einem Mädchen glich, von ihm wollte. Es deutete einen Striptease an, wohl um ihn zu locken, doch gleichzeitig entfernte sie sich von ihm. Nein, sie wurde nur immer kleiner. Immer jünger.

Tariq konnte sich nicht erinnern, dem Mädchen jemals begegnet zu sein, und doch waren ihm seine Gesichtszüge vertraut, sodass er meinte, er würde sich mit etwas Anstrengung an den Namen erinnern. Das Gesicht der Tanzenden hatte etwas Jungenhaftes, ihr Körper, noch ohne Anzeichen einer Rundung der Brust, hatte in Tariq eine nagende, verbotene Begierde entfacht. Er hatte das Gefühl, am ganzen Körper zu erröten. Während des Tanzes war sie jünger geworden, unmerklich, aber wenn er kurz weg- und dann wieder hingesehen hatte, war die Veränderung zu bemerken.

Mache ich es richtig? Macht dir das Spaß?, schienen ihre Augen zu fragen. Es hatte Tariq Spaß gemacht. Angst und Lust lösten einander in rascher Folge ab. Selbst im Traum hatte er schließlich nicht mehr gewagt, ihr Alter zu schätzen. Dann hatte er zu weinen begonnen. Noch im Traum wunderte sich Tariq darüber, denn er weinte sonst nie.

Er schreckte aus seinen Gedanken auf, als der Araber den Motor aufheulen ließ und dem Schranken auswich, indem er auf den Gehweg fuhr. Tariq zögerte nicht. Er tastete nach seiner Waffe, die Türe seiner Kabine aufstoßend, und trat rasch auf die Straße. Der Junge rollte näher, war dann noch etwa zehn Meter entfernt und machte keine Anstalten zu bremsen.

Tariq hatte seine Hand auf das Holster gelegt, die Waffe aber noch nicht gezogen. Diese Drohgebärde war international verständlich und sollte Missverständnissen vorbeugen. Im Augenwinkel sah er eine Gestalt, die auf die Straße trat. Es war Michelle, die Assistentin des Vizekonsuls der Botschaft. In voller Fahrt zippte der Araber seinen dunklen Anorak auf, darunter trug er eine Gurttasche. Er schob seine Hand in die Tasche, während er einhändig und gelassen weiterfuhr. Michelle war vermutlich für eine Rauchpause in den kalten Wintertag getreten. Tariq war plötzlich ganz bei sich. Das mysteriöse Gedächtnis des Körpers übernahm das Kommando. In seinem Kopf summte es. Tariq zog die Pistole und drückte ab. Ein heftiger Schmerz durchfuhr ihn, gleichzeitig sah er den Attentäter vom Moped fallen und in den Schneematsch stürzen. Auch Tariq brach zusammen, seine Waffe schlitterte ein kleines Stück über die vereiste Straße, doch der heftige Schmerz, der durch seine Körpermitte zuckte, verschaffte ihm einen klaren Moment.

Die Hände des Riesen hatten sich geöffnet. Die ganze Traumszene war dem Licht preisgegeben. Er konnte sie von außen betrachten wie ein Tableau vivant. Sein Pflegevater Thomas und drei andere Männer, die Tariq nicht kannte, saßen um einen Tisch, der irgendwie an ein Landgasthaus denken ließ. Eine Videokamera war auf das halbnackte Mädchen gerichtet. Es tanzte in seinem verrutschten Kleidchen für die Kamera keck auf einem Stuhl. Und es tanzte für die Männer, deren Hände sich unter dem Tisch zu schaffen machten.

Ja, mach weiter, Tariq, hörte er die gepresste Stimme von Thomas an das Mädchen richten. Tariq war der Name des Mädchens, komischer Zufall. Was war geschehen?

Das besorgte Gesicht der Assistentin tauchte in seinem Blickfeld auf. Wie hieß sie nochmal? Michelle. Richtig, Michelle. Er wollte etwas sagen, es war ihm schrecklich unangenehm, vor ihr im Dreck zu liegen. Hatte er den Araber erwischt?

Bevor er das Bewusstsein verlor, ahnte er dunkel, dass er selbst das tanzende Mädchen seines Traums gewesen war.

17

Die Fensterfront gab der Wintersonne reichlich Gelegenheit, das Büro aufzuheizen. Schnee glitzerte auf den Dächern. Alle waren in Feiertagsstimmung. Nur Fiedler ließ das unberührt. Margarethe war außer Atem und mit Verspätung eingetroffen, was Fiedler nichts auszumachen schien. Er nahm ihren leicht aufgelösten Zustand zur Kenntnis, ohne weiter nachzufragen. Margarethe war den Weg vom Judenplatz bis zur Kanzlei gelaufen und hatte währenddessen, in Sorge um ihre Tochter, Sebastian und immer wieder auch im Kindergarten angerufen, aber niemanden erreicht. Sie war versucht gewesen, zum Kindergarten zu fahren, hatte sich aber schließlich dagegen entschieden. Wäre etwas nicht in Ordnung, hätte man sie angerufen, dachte sie.

Fiedler bat Margerethe in sein Büro und betrachtete sie einen Moment lang nachdenklich. „Wissen Sie, welches die schönste Liebesszene des Kinos ist, Frau Schwartzberg?"

Sie schüttelte stumm den Kopf und streifte mit gekrümmten Fingern etwas Tränenflüssigkeit seitlich aus dem Gesicht, um ihr Make-up nicht zu verschmieren. Die Tränen konnten durchaus dem abrupten Temperaturwechsel geschuldet sein, hatte sie entschieden.

„Die Szene, die ich meine, stammt von Stan Laurel und Oliver Hardy", sagte Fiedler, „Oliver fragt Stan, der gerade in einen Apfel beißt: Stan, wen hast du lieber – mich oder den Apfel? Stan hält inne, betrachtet kurz den Apfel, sieht Olli an, dann wieder den Apfel, schaut hilflos in die Kamera und beginnt zu weinen."

Ohne auf eine Reaktion von Margarethe zu warten, wendete Fiedler den Blick wieder seinen Unterlagen zu. Dann begann er umstandslos zu diktieren:

„Sehr geehrte Frau Dipl.-Ing. (FH) Burov!

Aufgrund eines Bescheides vom 17. 10. dieses Jahres (Geschäftszahl BZ 401 31 76) möchte ich Ihnen mitteilen, dass ich beim Vollzug der ersten Fahrnis-

exekution interveniert habe, um eine mögliche…"
Margarethe war eine geduldige und großzügige Frau. Als Mutter und Alleinerzieherin war sie für jede Ablenkung dankbar, die der Alltag hergab. Ihre Unruhe hatte sich etwas gelegt, sie schielte nur öfter auf ihr Handy als sonst. Deshalb dämmerte ihr erst mit einiger Verzögerung, dass ihr Boss eigentlich nie diktierte, sondern üblicherweise die Diktatfunktion seines Desktop-Computers verwendete.

Fiedler ist schon sehr speziell, dachte Margarethe, nicht ohne Hochachtung.

Nach längerem Warten sagte sie:

„Wir waren stehengeblieben…"

„Schon möglich", erwiderte Fiedler und wandte sich seiner Assistentin zu.

„Wahrscheinlich sind wir alle irgendwann mal stehengeblieben. Aber warum?"

Margarethe war sich nicht sicher, wie er das gemeint haben könnte. Sie begnügte sich daher mit einem vagen Kopfschütteln.

Ich bin ihr wohl nicht geheuer, dachte Fiedler, als er ihren Blick zu lesen versuchte. Sie hat sicher bemerkt, dass mit mir etwas nicht stimmt.

Kein gutes Zeichen, das wusste er selbst am besten, denn seine seelischen Talfahrten begannen stets mit Zerstreutheit, auf welche dann Orientierungsstörungen folgten. Immer, wenn er zu hoffen wagte, seine Schwermut hätte endlich von ihm gelassen, fand er sich bald wieder auf einer verlassenen Straße, verwirrt und von unklaren Sehnsüchten getrieben. Fiedler atmete tief ein, als wäre er länger unter Wasser gewesen.

Margarethe schielte gerade wieder auf ihr Handy. Fiedler räusperte sich. „Ich denke, wir lassen das einstweilen, Frau Schwartzberg. Danke, dass Sie heute ins Büro gekommen sind, ich hoffe, Ihre Weihnachtsvorbereitungen sind nicht zu sehr durcheinandergeraten. Und, bevor Sie gehen: Bitte stellen Sie niemanden mehr durch, auch nicht Frau Burov, sie wird sicher anrufen, ich bin aber schon weg. Und natürlich: Frohe Weihnachten! Grüßen Sie bitte Ihre Tochter von mir."

Margarethe sah ihn einigermaßen verwundert an.

„Fiedl-, Herr Fiedler, Rita ist erst eineinhalb Jahre alt."

„Oh."

„Aber ich werde sie gerne von Ihnen grüßen."

Margarethe winkte etwas unbeholfen und schloss behutsam die Türe hinter sich. Dann zögerte sie. Sollte sie Fiedler schon heute darüber informieren, dass ihr Ex für Burov schnüffelte und bei jeder sich bietenden Gelegenheit gegen Fiedler intrigierte? Sie beschloss zu warten. Rita war jetzt wichtiger.

Fiedler saß nun allein in der Stille seines Büros. Die Sonne hatte die Dachräume inzwischen ins Unerträgliche aufgeheizt.

Grüßen Sie bitte Ihre Tochter von mir. Bestellen Sie Grüße, und sagen Sie ihr, Sie kämen von jemandem, den es gar nicht mehr gibt – und, bitte: sagen Sie Fiedler zu mir.

Er spürte den Kater vom Vortag, der mit Single Malt und BBC zu Ende gegangen war. Er fand eine Ibumetin-Tablette in seiner Schreibtischschublade und schluckte sie ohne Wasser hinunter. Der bittere Geschmack der Pille kündigte die Erleichterung an.

In der Nacht davor hatte Fiedler die leere Pizzaschachtel weggekickt und sich vor den alten, beinahe blinden Spiegel gestellt, der sein Wohnzimmer seit langem dekorierte. Er war in diesem Dezember siebenundvierzig Jahre alt geworden – und nicht gut gealtert, wie er feststellte. Seine sommersprossige Haut war bleich, sein Haar hatte die Farbe von Balsaholz, und seine Wimpern waren kaum noch sichtbar. Später weinte er um Marie und schlief vor den TV-Bildern ein. Im Traum stand er noch lange vor dem Spiegel, der ein dunkles, leeres Zimmer zeigte.

Fiedler litt seit dem Tod des Vaters, also seit seiner Jugend, an *Taedium vitae* – so nannte er selbst das –, und dieser Zustand hatte sich nach dem Tod seiner Frau vor dreieinhalb Jahren wieder verschlimmert. Das Seltsame war: Die Erinnerungen an seine schwermütigen Zeiten unterschieden sich von seinen sonstigen Erinnerungen. Nur was man als Nebensächlichkeiten bezeichnet, war ihm im Gedächtnis geblieben. Regenlachen, eine Ampel vor einem hellblauen Nachmittagshimmel, eine Tür, die ins Schloss fällt, der Geruch von frisch gemähtem Gras im Volksgarten, das Rasseln einer Straßenbahn. Irgendetwas hatte die Menschen aus seinen Erinnerungen getilgt. Bis Maries Tod allmählich alles veränderte. Nach diesem Ereignis hatte er einige Wochen weiterzuarbeiten versucht, als wäre nichts geschehen. Dann bekam er es mit der Angst zu tun, Angst vor sich selber und vor der leeren Wohnung, die Marie und er neun Jahre bewohnt hatten. Gas und Strom waren abgestellt worden, die Rechnungen blieben unbezahlt.

Sein Freund Otto war es, der ihn aus dem Schlamassel herausholte. Irgendwann war ihm klar geworden, dass mit Fiedler etwas nicht stimmte. Dieser war zwar nach wie vor produktiv, schien aber für alles länger zu brauchen. Schließlich stellte Otto zu seinem Entsetzen fest, dass Fiedler im Büro wohnte. Seiner Kleidung war anzusehen, dass sie länger nicht gewechselt worden war, sein weißes Hemd hatte einen Graustich; auch hatte er scheinbar schon länger nichts mehr gegessen.

„Ich schlafe im Büro, um mein Bett zu schonen", hatte Fiedler erklärt.

„Humor kann durchaus ein Symptom sein …", erwiderte Otto.

Otto brachte ihn in die Station 5b des AKH, wo Fiedler einige Wochen stationär behandelt wurde. Wäre

Otto nicht der wichtigste Seniorpartner der Kanzlei, hätte Fiedler damals seine Partnerschaft vermutlich verloren. Nachdem die Ärzte seiner Verstörung einen Namen gegeben hatten, *Major Depression*, und er die Station wieder verlassen durfte, suchte Fiedler die behandelnde Ärztin in ihrer Privatpraxis auf. Sie war eine Koryphäe auf dem Gebiet der Psychiatrie und früher eine Klientin von Fiedler gewesen (Alimentationsklage). Sie verschrieb ihm Medikamente, empfahl, Sport zu treiben und sich ein Hobby zuzulegen. Ob er es nicht mit etwas Entspannendem probieren möchte? Mit Musik zum Beispiel?

Tatsächlich nahm er einige Wochen Gesangsstunden, gab aber rasch wieder auf, weil die Musik seine Stimmung nicht hob, sondern ihm sein Elend nur bewusster und damit schwerer erträglich machte. Fiedler setzte auf Verdrängung. Eines Tages stand er in einer Buchhandlung in Währing und blätterte zerstreut in einem schmalen Bändchen in englischer Sprache. *The Waste Land.*

My nerves are bad to-night. Yes, bad. Stay with me. Speak to me.

Fiedlers Unruhe kam augenblicklich zum Stillstand. Die Verse sanken in ihn ein, als wäre er selbst ein *wüstes Land*. Für einen Moment fühlte er weder Trauer noch Angst noch Panik. Vielmehr nahm er ein feines, seelisches Tasten wahr, das von weither kam, sodass er diese Empfindung nicht gleich wiedererkannte.

I think we are in rats' alley
Where the dead men lost their bones.
Aufmerksame Menschen sahen seither in der Linie
43 zu gewissen Tageszeiten einen stets korrekt ge-
kleideten Mann, an eine der orangen Halteschlaufen
geklammert, mysteriöse Sätze vor sich hinmurmeln.
Stets memorierte Fiedler ein paar neue Verse, bis
das ganze Poem ein Teil von ihm geworden war. So
begann sich langsam, sehr langsam, Fiedlers Trauer
über den Tod Maries in etwas anderes, Neues zu verwandeln.

18

Eine noble Adresse? Sebastian lachte auf. Einige
Passanten drehten sich nach ihm um. *Nobel* in dem
Sinn, dass viele reiche Ausländer nicht wissen, wo
die wirklich Betuchten wohnen. Altes Geld bleibt
gern unter sich.
Wien hält nun mal raffinierte Fallen für Fremde bereit, dachte Sebastian, während er mit seinem Lastenfahrrad eilig durch die Bäckerstraße radelte. Er
war spät dran. Er hatte Margarethe versprochen,
Rita vom Kindergarten abzuholen und auf sie auf-
zupassen. Seine Arbeit bei dem Neureichen hatte
fast drei Monate gedauert, doch nun war er endlich
fertig. Sebastian hoffte, dass dieser Job ein gutes
Vorzeichen dafür war, sein Leben wieder in finanzi-

ell geordnete Bahnen zu lenken. In wenigen Wochen würde er unvorstellbare achtunddreißig Jahre zählen. Sein bisheriges Leben konnte er immer noch in dem einen Satz zusammenfassen: So war das alles nicht geplant. Seit er denken konnte, wollte Sebastian Maler werden. Seine Mutter hatte ihn von klein auf dazu ermuntert, sich „selbst zu verwirklichen", wie sie das nannte. Schon mit siebzehn empfand Sebastian Verehrung für den Malerfürsten und Dekonstruktions-Heresiarchen Alsandar Solitaire und hoffte, in dessen Klasse an der Angewandten aufgenommen zu werden. Die hippen Künstlerinnen und Performer genossen in der Szene den Ruf der smarten Überflieger, deren Einstieg in den Kunstmarkt durch den klingenden Namen des Dozenten wesentlich erleichtert wurde. Legendär die Karriere der schnauzbärtigen aNa, die mit pornografisch-fäkalzentrierten Echtzeit-Happenings im transformativen Selbst-Sie-Mächtigungs-Space in kaum zwei Jahren zahlreiche große Ausstellungen ausrichten konnte. Sebastians Begeisterung war aber rasch in tiefe Enttäuschung gekippt, als er ein abschlägiges Schreiben der Kunsthochschule im Postfach vorfand.

Einige Monate später sah er auf *arte* ein Porträt von Alsandar Solitaire. In einer im Übrigen merkwürdig kommentarlosen Szene konnte man Solitaire dabei zusehen, wie er die Studierenden für seine Klasse auswählte. Sebastian sah die jungen Kreativen, unter denen er vor Kurzem noch so gern gewesen wäre, mit ihren Präsentationsmappen in den nervösen Händen, die der Meister, eine nach der anderen, flüchtig durchblätterte. Das Genie erkennt formbares Künstler:innenmaterial für die Bürde der Kunst mit wenigen Blicken, bedeutete das. Nach einer Weile desinteressierten Blätterns war die Mappe einer Schönheit an der Reihe, auf der nicht nur das Auge der Kamera wohlgefällig ruhte. Auf die Betrachtung ihrer Präsentation verwendete der fünfundsiebzigjährige Starkünstler deutlich mehr Zeit. Zuerst dachte Sebastian, es handle sich um einen Zufall, aber der Vorgang wiederholte sich. Je attraktiver die Studentin, desto höher des Meisters Aufmerksamkeitsbudget. Sebastian sah sich unwillkürlich in dem dunklen, nur durch den Fernseher bläulich erleuchteten Raum um. Er war allein. Er konnte niemanden fragen, ob er sich das vielleicht nur einbildete.

Am Ende bestand die Klasse aus sieben sehr jungen attraktiven Frauen, einer Transperson mit rasiertem Schädel und zwei Männern, einer davon stark geschminkt, mit bemalten Fingernägeln und *Man Bun*, der andere ein kleiner Dicker mit einem sympathischen Grinsen, der aus Honduras stammte. Er war es dann auch, der am Ende der Szene interviewt wurde. Er sagte, dass er überglücklich über die Aufnahme an der Angewandten sei und hoffe, so schneller ein permanentes Visum zu bekommen. Zuletzt bedankte er sich bei Meister Alsandar Solitaire mit herzerwärmender Begeisterung.

Nach der Sendung saß Sebastian vor dem stummen, nun dunklen Fernseher, der mit leisem Knistern langsam auskühlte. Eine Weile schaute er auf seine Silhouette, die sich auf dem dunklen Schirm abzeichnete.

Die Kindergärtner Dirk und Chris hatten darauf aufmerksam gemacht, dass am Vierundzwanzigsten die Kinder ausnahmslos pünktlich abgeholt werden sollten. Sebastian erhöhte seine Geschwindigkeit. Er würde Margarethe mit seiner neuen, zuverlässigen *Attitude* überzeugen. Sebastian war schon so lange in sie verliebt, dass er aufgehört hatte, die Jahre und Abfuhren zu zählen. Die zwölf Jahre jüngere Frau hatte ihn jedoch bisher verschmäht. Und schlimmer, nun hatte sie auch noch dieses Kind. Die Freundschaftszone, in die er im Laufe der Zeit gerutscht war, schien keinen Ausgang zu haben. Natürlich wusste Margarethe, dass er sie verehrte, es gab einige Annäherungsversuche von seiner Seite, aber sie hatte immer Nein gesagt. Sie hätte „Angst um ihre Freundschaft" mit ihm, hatte sie erklärt und einmal sogar gelacht dabei. Er nahm es nie persönlich, denn die Zeit war seine mächtigste Verbündete. Das war eine der wenigen Überzeugungen, die ihm geblieben waren. Als Margarethe sich so rasch und konsequent von ihrem Schnöselanwalt getrennt hatte, sah Sebastian seine Zeit gekommen. Die überraschende Wendung gab ihm Kraft, weiter um Margarethe zu kämpfen. Er musste sich allerdings eingestehen, dass das bis jetzt noch nicht so richtig geklappt hatte.

Er, ein entschlossener Mann, loyal bis zur Selbstaufgabe. Aber traf diese Beschreibung überhaupt zu? War sein Job als unbezahlter Babysitter nicht das genaue Gegenteil von dem, was er für Margarethe sein wollte?

In der Bäckerstraße stand eines jener Gebäude, von dem nur die pittoreske Biedermeierfassade übriggeblieben war. Dahinter verbarg sich ein *Smart House* inklusive Vollklimatisierung, mehreren Aufzügen und versenkbaren Garagenplattformen. In diesem Haus hatte er Tischlerarbeiten durchgeführt, von Küchenmöbeln über maßgefertigte Bücherregale bis zur Schiebetür war alles aus seiner Hand.

Eine letzte Besichtigungsrunde vor der Abnahme wurde von einem der Anwälte des russischen Geschäftsmannes, der sein Auftraggeber war, übernommen. Er hatte weder diesen Anwalt noch seinen Auftraggeber bisher jemals zu Gesicht bekommen. Sebastian überzeugte ihn, dass nun wirklich alles, alles den Vorgaben gemäß erledigt war, hütete sich aber zu sagen, dass ihm das mühsame und langwierige Projekt sogar gut gelungen war. Der Anwalt telefonierte während der Besichtigung und schien nicht bei der Sache zu sein. Schließlich verscheuchte er Sebastian mit einer ungeduldigen Handbewegung. Nach den vielen Reklamationen der letzten Wochen hatte sich sein Klient offenbar geschlagen gegeben. Doch richtige Freude wollte nicht aufkommen.

Als Sebastian im Kindergarten eintraf, stellte er mit Genugtuung fest, dass er nicht der Letzte war, auf den gewartet wurde. Er setzte die gut eingepackte, mit einem roten Luftballon ausgerüstete Rita auf die Ladefläche seines Fahrrads. Wie er nun mit dem stillvergnügten Kind über die Tuchlauben radelte, verlieh die Weihnachtsstimmung dem Tag Wärme. Sie radelten in der blendenden Wintersonne über schneenassen Asphalt, vorbei an verschwenderisch dekorierten Schaufenstern, teuren Geschäftsportalen und unzähligen Punschständen. Natürlich brauchte Margarethe jemanden, der mit Rita gut umgehen konnte, keinen Macho, sondern einen, der neben der Frau seinen Platz finden konnte, als Verbündeter, Freund und dann, erst dann, als Liebhaber. Sebastian wünschte sich ein Kind mit ihr, vielleicht würden sie bald eine Familie sein. Seine Gedanken kehrten zur beendeten Arbeit zurück. Er konnte es kaum erwarten, Margarethe diese Neuigkeit, natürlich ganz beiläufig, zu erzählen.

Dann geschahen zwei Dinge gleichzeitig.

Mit Schreck fiel ihm eine ziemlich hohe Materialrechnung ein, die noch offen war. Sebastian hatte schlicht vergessen, sie zu bezahlen. Und daher bei der Rechnungslegung auch nicht berücksichtigt. Er hatte, in einer Art hoffnungsvollem Selbstbetrug, einen Teil der Arbeitsstunden vor sich selbst unterschlagen, um seinen Kunden bei Laune zu halten. Das führte zu schmerzlichen finanziellen Einbußen, die vielleicht verkraftbar waren, wenn man sie als Anleihe an die Zukunft betrachtete. Diese Fehlkalkulation war aber völlig unbewusst geschehen und daher eine monetäre Katastrophe. Ein rascher Überschlag ließ ihn verzagen: Er hatte die letzten Monate nicht nur umsonst gearbeitet – nein, da war kein Irrtum möglich –, sondern Verluste gemacht. Erbäte er von dem Russen eine Nachzahlung, würde er noch am selben Tag in der Donau landen.

Der solcherart geschockte Sebastian hatte in diesem Moment vergessen, wie präzise Scheibenbremsen funktionierten. Sein Bakfiets CargoTrike kam abrupt zum Stillstand. Rita kippte nach vor, ihr Ballon entwischte, und Sebastian hörte ein entsetzlich banales, dumpfes *Plok*, als ihr Kopf auf dem Holz aufschlug.

19

Am Vierundzwanzigsten war Said zum zweiten Mal im Allgemeinen Krankenhaus, diesmal nicht auf einer Trage liegend, sondern als Besucher, der das AKH durch den Haupteingang betrat. Die Eingangshalle in matten, beruhigenden Farben war gepflastert mit Wegweisern, Warnungs-, Hinweis- und Verbotsschildern, sodass ihm schwindelte. Er blieb stehen, um sich zu orientieren. Dabei strich er unwillkürlich über die schmerzende Stelle auf seinem Brustbein, wo ihn das Gummiprojektil des alten Wachmanns getroffen hatte.

Von Michelle hatte Said erfahren, was geschehen war. Sie waren vor der Botschaft gestanden, der Himmel über ihnen hatte in tiefem Saphirblau geschimmert. Saids Moped zeigte sich in neuem, knallrotem Glanz. Ein Freund hatte es repariert und auch neu lackiert, wohl um Said aufzumuntern. Michelle hob eine Krücke, um das Geschehen nachzuzeichnen, deutete auf dieses und jenes.

Der Wachmann, der Tariq hieß, war an jenem unglücklichen Tag für Josef, einen erkrankten Kollegen, eingesprungen. Tariq wusste nicht, dass Said an den Vormittagen Dokumente, die er meist unter seiner Jacke in einer Tasche am Nierengurt trug, zwischen Konsulat und Botschaft hin und her beförderte. Said hatte mit seinem Moped wie immer die kaputte Schranke umfahren, weil er davon ausgegangen war, dass Josef in der Kabine saß; er wollte ihm nicht zumuten, in die Kälte zu müssen. Josef war alt und hatte ein wehes Bein. Dann schoss der fremde Wachmann auf Said und traf ihn mit einem Gummigeschoss, das ihn vom Moped mähte, während in genau demselben Moment er selbst von einer Herzattacke hingestreckt wurde. Saids Moped war auf dem Eis in Michelle hineingeschlittert und hatte ihr einen Knöchelbruch beschert. Aber sie sei schon wieder ganz ok, sagte sie zu Said. Der war mit einer Brustbeinprellung und ein paar oberflächlichen Abschürfungen glimpflich davongekommen. Die Ärztin, die ihn untersucht hatte, meinte, er müsse Geduld haben, verschrieb ihm ein Schmerzmittel, und schon war er für sie und das überanstrengte medizinische Personal wieder unsichtbar geworden.

Wachmann Tariq war vor einigen Tagen aus der Intensivstation entlassen und in ein herkömmliches Zimmer verlegt worden. Said hatte, in einer Mischung aus schlechtem Gewissen und Mitleid beschlossen, Tariq einen Höflichkeitsbesuch abzustatten. Saids Mutter war auf die glorreiche Idee gekommen, die türkischen Nachbarn um ein Rezept zu bitten, damit Said etwas mitbringen konnte. Er stand in der geschäftig summenden Eingangshalle des Allgemeinen Krankenhauses, mit Mamas Lunchbox, auf der ein Donald-Duck-Sticker klebte. In der Box war ein merkwürdiger puddingartiger Haufen, der İrmik Helvası genannt wird. Trotz vieler wartender Besucher war der Infoschalter nicht besetzt. Said betrachtete verstohlen die Umstehenden.
Er sah einen Mann, der sich mit sonderbar schnarrender Stimme, die nicht aus seinem Kopf, sondern aus seiner Brust zu kommen schien, mit einer Frau unterhielt. Die beiden taten so, als wäre das ganz normal. Er sah eine unwahrscheinlich dünne Frau mit Glatze, deren weißer Mantel nur nachlässig um

ihren mageren Körper geschlungen war, sie zog eine Art Ständer auf Rollen hinter sich her, mit dem sie durch zwei Schläuche, die unter ihrem Mantel verschwanden, verbunden war. Er fühlte sich hier noch unsichtbarer als in seinem Kurierjob. Oft versetzte ihn dies in Euphorie, aber an diesem Ort erschien es ihm bedrohlich. Er stellte sich vor, im Sterben zu liegen. Würde jemand ihn wahrnehmen? Er war ja schon im Krankenhaus, an der Pforte zwischen Leben und Tod.

Said drehte sich um die eigene Achse und bekam das Gefühl, als würde sich auch die Halle um ihn drehen. Er starrte auf die Lunchbox und war sich plötzlich nicht mehr sicher, was er hier wollte. Er schritt zögernd auf eine kleine Gruppe von Pflegern zu. Überall sonst sah er kranke Menschen, ihr Leid schien allen Sauerstoff dieser Spital-Maschinerie verbraucht zu haben. Plötzlich hatte er Schwierigkeiten beim Atmen. Er blickte nach oben: Die Beleuchtung hatte einen eisigen Glanz, und sein Brustbein begann wieder heftig zu schmerzen. Das Gemurmel rings um ihn wurde immer lauter. Alles war zu groß, die Luft zu schwer, der Raum drehte sich und schien sich dabei noch auszudehnen.

Said sah jetzt wieder die Szene vor sich, wie er dem Schranken ausgewichen war, einhändig, mit der anderen Hand ein paar Briefe aus seiner Tasche fummelnd, in der Absicht, vor Michelle lässig abzuschwingen und ihr in derselben Bewegung die

Dokumente zu überreichen wie ein Kurier in einem alten Kostümfilm. Doch der Wachmann hatte diesen Plan durchkreuzt.

Said sah sich durch Tariqs Augen, der den sich rasch nähernden Mopedfahrer anvisiert und dann ohne Zögern abgedrückt hatte. Said fiel. Tariq hatte ihn *gesehen*, das begriff Said immerhin. Mit einem abschätzenden Blick hatte er ihn aus der Anonymität der Botenfahrer, die die Stadt in Hundertschaften durchzogen, herausgegriffen und mit einem harten Schlag vor die Brust markiert.

Said holte tief Luft. Er fühlte sich nicht gut, ein leichter Schwindel ergriff ihn, er hatte das Gefühl, immer noch zu fallen. Was, wenn er an seinem Leben vorbeistürzen würde?

Said musste an die frische Luft. Er stolperte beinahe über einen Rollator und sprang im letzten Moment zur Seite, um einen Aufprall zu vermeiden. Er murmelte eine Entschuldigung und blieb wieder stehen. Wen Tariq gesehen hatte, als er den siebzehnjährigen Kurier auf sich zufahren sah? Er befürchtete, dass es jemand war, den er selbst noch gar nicht kannte.

Unter dem Krankenhauslicht schienen alle wie tot. Said schrumpfte zu einem winzigen Punkt. An einer Wand ließ sich Said auf den Boden gleiten, dann zog er den Hoody über seinen Kopf und blieb lange so sitzen.

20

Wären am späteren Abend des Vierundzwanzigsten Spaziergänger durch die Karthäuserstraße im 19. Bezirk gekommen, hätte sich ihnen ein sonderbares Bild geboten. Wie schon in den letzten Jahren sah man um etwa 19 Uhr einen Mann zwei Klappstühle und einen kleinen Tisch aus seinem BMW-Cabrio nehmen und vor Hausnummer 7 aufstellen. Dann deckte er den Tisch mit weißem Tischtuch, Besteck und zwei gefalteten Stoffservietten, zündete ein Windlicht an, goss Weißwein in Kristallgläser, öffnete einen Behälter und legte etwas auf die Teller, welche im Licht der Straßenbeleuchtung schimmerten. Schließlich betrachtete er sein Werk, korrigierte ein wenig die Position von Besteck und Servietten, und als er mit dem Arrangement zufrieden war, holte er eine kleine Boombox hervor, die, während er allein dinierte, einen sentimentalen Song in die Winternacht schickte.

Zwei Mädchen, die es sich nicht nehmen ließen, ihn von der gegenüberliegenden Seite verstohlen zu mustern, sagten später, es sei jedes Jahr derselbe Song: „Agape" von Bear's Den.

Der Mann blieb lange in der Kälte sitzen. Manche Anwohner schauten verstohlen aus ihren Fenstern, spürten wohl Befremden, Mitleid oder machten sich Sorgen, dass er erfrieren könnte, aber niemand wagte ihn anzusprechen. Er strahlte eine steinerne

Entschlossenheit aus, als vollzöge er mit seinem Ritual eine ganz und gar notwendige Arbeit.

Es gibt eine Schuld, die in uns wächst. Unmerklich zuerst, bis irgendwann der Moment kommt, da sie uns ausfüllt und neben ihr nichts sonst mehr Platz hat. Doch wenn wir begreifen, dass sie über unser Leben gebietet, ist es zu spät.
In den Sternspeichen der Alufelgen spiegelte sich die Flamme des Windlichtes.

21

Moretti betrachtete eine Weile die Schneekugel, in der eine winzige märchenhafte Burg zu sehen war, schüttelte sie und hielt sie gegen das Kerzenlicht. Marie hatte sie ihm geschenkt, als sie noch Kinder waren, und ihm erzählt, dass sich in dem Schneegestöber eine Prinzessin versteckt hielte. Er hatte sie nie zu Gesicht bekommen. Auch die Eltern hatte Otto selten gesehen. Arbeit war Vaters Existenz gewesen, arbeiten und Geld verdienen. Er war auf der Flucht vor seiner Frau, einer vereinsamten Tagestrinkerin, die vom Alkohol und von exzentrischen Plänen, denen niemals Taten folgten, gezeichnet war, und er war auch auf der Flucht vor den Kindern Otto und Marie.
Marie, nur zwei Jahre älter als Otto, hatte ihn praktisch großgezogen. Sie galten als ein unzertrenn-

liches Team, bis weit in ein Alter hinein, in dem die Geschwisterliebe bereits anrüchig wirkte. Aber sie waren durch ihr gemeinsames Schicksal verbunden und hatten sich gegen den Rest der Welt gestellt. Und sind damit gut gefahren.

In Ottos Jugend war es noch eine große Sache gewesen, seine Homosexualität zu outen. Viele zahlten dafür einen hohen Preis. Doch Otto fand, dass der Preis, es *nicht* zu tun, noch viel höher gewesen wäre. Marie half ihm auch durch diese schwierige Phase. Nach der Schulzeit war die Verbundenheit der Geschwister gereift genug, um endlich auch andere Beziehungen aufzubauen. Fiedler, mit dem sich Otto während des Studiums anfreundete, war schließlich derjenige gewesen, dem sie Zutritt zu ihrer Welt gewährten. Genau das entließ Marie und ihn ins Freie. Fiedler heiratete Marie. Bis zu ihrem Tod vor dreieinhalb Jahren hatten sie alle ein entspanntes und freundschaftliches Verhältnis gepflegt. Fiedler hatte zwar den Bann zwischen den Geschwistern gebrochen, nicht aber den Zauber.

An langen Winterabenden holte Otto die kleine Erinnerungskiste seiner Jugend hervor. Er kramte ein wenig darin und entdeckte eine Musikkassette. Otto hatte keine Ahnung mehr, was auf ihr zu hören war. Dann fiel ihm ein, dass im Keller ein Sony Walkman sein musste. Otto schloss ihn schließlich mit einem Adapter an seine Stereoanlage. Dann drückte er auf *Play*.

Es war der vierundzwanzigste Dezember, neunzehn Uhr dreißig. Sein Mann Ralph war in der Küche, er würde an diesem Abend für sie beide kochen, und später würden ein paar Freunde vorbeischauen.

In der Ecke stand ein kleiner Christbaum, den Otto perfekt aufgeputzt hatte. Der Blick nach draußen zeigte ihm nur mehr sein schwaches Abbild auf dem nachtblinden Fenster.

Plötzlich breiteten sich silbrig helle Gitarrenklänge im Wohnzimmer aus. Eine Stimme aus der Vergangenheit hob zu singen an. Weich, samtig, voller Mitgefühl. Die Wildheit seiner Teenagerjahre, die dreckigen Turnschuhe, die durchlöcherten Jeans, die Marihuanabrösel, die tobenden Sehnsüchte und die besinnungslosen Nächte erhoben sich zu einem langsamen Tanz. Voller Hoffnung, voller Angst, voller Pläne war diese Zeit gewesen. Dem Unermesslichen ausgeliefert, und doch auch zart beschützt von der Freundlichkeit fremder Menschen.

You got a fast car / And I want a ticket to anywhere / Maybe we make a deal / Maybe together we can get somewhere …

Ralph schaute zur Tür herein, während er sich die Hände an einem Geschirrtuch trocknete. Aber ein Blick auf Ottos Rücken genügte, um sich lautlos wieder zurückzuziehen.

You got a fast car / I got a plan to get us out of here … / …won't have to drive too far / Just across the border and into the city / You and I can both

get jobs / Finally, see what it means to be living...
Natürlich würde Otto das Gewicht seines Lebens
bald wieder schultern, vielleicht schon, wenn das
Lied verklungen sein würde. Er wusste mit dem Gewicht zu leben, weil er so viele kannte, die weniger
Glück hatten als er. Als erstes wäre Marie zu nennen. Und gleich danach fiel ihm Fiedler ein. Ob *er* es
schaffen würde?
*You got a fast car / Is it fast enough, so you can fly
away?*
Moretti schaute wieder auf die Fensterscheibe, hinter
der die Winternacht lag. Die Spiegelung war zu matt,
um seinen Gesichtsausdruck zu zeigen.
*You got a fast car / Is it fast enough, so you can fly
away?*

22

Sam rannte auf die Straße, um ein Taxi heranzuwin-
ken. Schon nach wenigen Minuten hielt eines an.
Hinter dem Lenkrad saß eine zierliche Gestalt. Sam
klopfte gegen die Scheibe. Sogleich wurde das Fens-
ter heruntergekurbelt.
„Was ist los?", fragte die Fahrerin. Sie trug eine große
Brille und eine tief in die Stirn gezogene Strickhaube.
„Warten Sie einen Augenblick!", bat Sam. Bevor die
Taxifahrerin antworten konnte, holte sie Ella und
Doris, die bereits auf der Straße warteten.

„Ins AKH?", fragte die Fahrerin und blickte dabei in den Rückspiegel, der ihr Gesicht milchig reflektierte. Der weiße Mercedes setzte sich langsam in Bewegung.

„Ist es nicht ein bisschen spät, um jemanden zu besuchen?" Ihre Stimme klang heiser, sie sprach mit einem schweren Akzent, den Sam nicht einordnen konnte.

„Meiner Mutter geht es nicht gut", sagte Ella, „könnten Sie bitte ein wenig schneller fahren?" Neben ihnen floss der Verkehr Richtung Währinger Gürtel, sie hingegen standen in der Schlange einer Abbiegespur, obwohl sie hätten gradeaus fahren müssen, wie Sams Navi zeigte.

„Das ist doch nicht deine Mutter?", bemerkte die Fahrerin. Doris hustete und wollte antworten, aber Ella legte ihr die Hand auf den Rücken, genau dorthin, wo sie auch vor kaum einer halben Stunde hingeklatscht hatte.

„Wie bitte? Wie meinen Sie das?", fragte Ella.

„Wir wollen auf Nummer sicher gehen", sagte Sam.

„Was? Sie wollen auf Nummer sicher gehen? Ob sie ihre Mutter ist?" Sam hörte nicht zu. Sie wünschte, die Frau würde sie nicht unentwegt im Rückspiegel ansehen. Auf dem Bürgersteig rechts von ihnen schlenderten Menschen vorbei.

„Es geht ihr nicht gut?", hakte die Fahrerin nach. Ohne eine Antwort abzuwarten, setzte sie hinzu: „Ist das hier eine Familienerkrankung oder was?"

„Ich will Ihnen etwas sagen", krächzte Doris plötzlich, „das geht Sie genau einen feuchten Kehricht an."

„Man wird doch noch fragen dürfen! Außerdem wollte ich nur die Stimmung ein bisschen auflockern, ihr drei seht ja so kummervoll aus. Zuerst dachte ich, die Kleine mit der Stoppelglatze ist eine Chemopatientin. Aber zu jung, um die Mutt-" „– Ich habe eine Gräte im Hals!", stieß Doris laut hervor. Die Taxifahrerin drehte sich um und blickte Doris verblüfft ins Gesicht. Doris rang wieder rasselnd nach Luft.

„Sie haben *wen* am Hals?"

„Fahren Sie endlich!", schrien nun alle drei Frauen wie aus einer Kehle.

Und Ella: „Sie hat eine verdammte Gräte im Hals! Sie erstickt uns noch!"

Die Lenkerin schien sich zu besinnen und wandte sich dem Verkehr zu. Dann hupte sie dreimal kurz hintereinander und ließ den Motor des alten Mercedes aufheulen, scherte aus der Schlange aus und zwang einen Wagen auf der linken Nebenspur zu einer Vollbremsung.

„G'tt verzeih mir!", murmelte sie.

Ohne zu zögern, trat sie das Gaspedal durch und schlängelte sich über den stark befahrenen Gürtel rasch voran.

„Vorhin hat mich, wie sagt man, beinahe der Schlag getroffen. Ich dachte zuerst, Sie sagten – na, nicht weiter wichtig."

Unter zornigem Hupen wechselte sie wieder die Spur und lachte schallend, im Fond des Wagens sahen die drei Frauen einander ratlos an. Mit unheimlicher Präzision, geschickt die Spuren wechselnd, fuhr sie durch den Verkehr Richtung *Allgemeines Krankenhaus*, Autos und Motorräder schneidend, über rote Ampeln und in halsbrecherischem Tempo.

„Ich dachte wirklich, Sie sagten, Sie hätten *Annegret am Hals.*" Die Fahrerin lachte erneut, diesmal konnte sie sich überhaupt nicht mehr einkriegen. Als sie sich wieder beruhigt hatte, fügte sie hinzu: „Das ist die Schwester meines Mannes."

Sam verstand, dass sie es mit einer Verrückten zu tun hatten. Schließlich raste das Taxi laut hupend über die leere Rampe zur Ambulanz.

Zwei rauchende Sanitäter, die vor dem Eingang standen, drückten ihre Kippen aus und kamen rasch auf den Wagen zu, aus dem nun Sam und Ella sprangen. Die Männer brachten Doris in die Ambulanz, ohne dass jemand nähere Erklärungen abgeben musste. Für die Sanitäter war eine verschluckte Gräte an Weihnachten scheinbar nichts Ungewöhnliches. Der Chef der Ambulanz, Univ. Prof. Dr. med. Wilhelm Bramberger, war an diesem Abend diensthabender Arzt und empfing Doris, Ella und Sam persönlich.Bramberger war über die Zerstreuung, die ihm die Arbeit bot, dankbar. Er war freiwillig am Vierundzwanzigsten hier, denn zu Hause erwartete ihn niemand. Er sah sich Doris kurz an und murmelte leise vor sich hin.

„Dann müssen wir wohl …", sagte er schließlich.

„Was denn?", fragte Doris, kurzatmig und angstvoll.

Der Arzt erwiderte nichts, stand auf und desinfizierte sich die Hände. Dann zog er sich blaue Handschuhe über.

„Was denn?", fragte nun auch Ella. Der Arzt öffnete eine Lade und zog einen Gegenstand heraus. Sie konnten nicht sehen, was es war, sein breiter Rücken im weißen Arztkittel entzog es ihren Blicken. Als er sich umdrehte, schrie Doris erschrocken auf. Bramberger hielt eine respektgebietend große Zange in der Hand, die im Licht der Neonröhren funkelte.

„Nein, nein, nein!", flehte Doris keuchend. Der Arzt sah erst sie an und starrte dann auf die Zange, die er bereits auf Augenhöhe gehoben hatte, bereit, Doris damit in den Schlund zu fahren.

Er ließ die Greifer der Zange zwei, dreimal aufeinander klacken und schien dabei zu überlegen. Doris wimmerte leise.

„Was natürlich eine Möglichkeit wäre", sagte er schließlich, „ist Brot."

„Brot?", fragte Sam verständnislos.

„Ja, gute Idee", bestätigte Doris panisch, ohne zu wissen, was er damit gemeint hatte.

„Wenn das hilft?", sagte zweifelnd Ella.

Der Schneefall war wieder stärker geworden. Das Allgemeine Krankenhaus glich an diesem Abend einem Raumschiff, das sich im Weltall verloren hatte.

Dunkel, unbewohnt und voller Geister, die ermattet durch die Gänge gleiteten.

„Hat jemand Brot dabei?", fragte der Arzt.

Sam erhob sich.

„Ich sehe mich mal um."

„Viel Glück", wünschte ihr der Arzt, „um diese Zeit wird das nicht so einfach sein." Sam verließ das Zimmer. Tatsächlich war kein Mensch zu sehen. Die Korridore wirkten verlassen. Es kam ihr vor, als ob sie die einzigen Menschen im ganzen Krankenhaus wären. Wie konnte dieser Abend nur so schnell entgleisen?, fragte sie sich, während sie suchend umherlief. Nirgendwo war es richtig hell, sie vermutete, dass die Notbeleuchtung in Betrieb war. Sie beschleunigte ihre Schritte, und dann fuhr sie mit dem Aufzug eine Etage höher. Aber auch dort dasselbe Bild.

„Hallo, kann mich jemand hören? Ist da jemand? Irgendjemand?"

Da war sie nun in einem der modernsten Krankenhäuser Europas und versuchte für eine Frau, die eine Gräte im Hals stecken hatte, ein Stück Brot aufzutreiben. Sie wechselte wieder die Etage und lief andere leere Korridore entlang. Merkwürdig auch, dass wir nicht selbst auf die Idee mit dem Brot gekommen waren, dachte Sam. Dann hätten wir uns das Tamtam und diese sehr spezielle Fahrt erspart. Zwei Etagen tiefer hatte sie Glück. Frauenlachen war zu hören. Sam folgte den Stimmen und entdeckte schließlich eine kleine Gruppe, manche in Arbeitskleidung, manche in Zivil, in einem Wartebereich beieinandersitzend. Eine Weihnachtsfeier? Sam war nicht sicher. Wäsche-, Reinigungswagen und ein paar Besen standen herum. Die Frauen plauderten in ihrer osteuropäischen Muttersprache. Einige sahen auf, als die junge Frau mit den grünen Haaren um die Ecke bog. Eine von ihnen hob gerade ihr Glas und sagte:

„Auf Jasmina", und dann hoben alle ihre Gläser und sagten etwas auf Serbisch oder Bulgarisch oder sonst was, Sam konnte nur vermuten. „Entschuldigen Sie die Störung", sagte Sam zu ihr. „Ich weiß nicht, wie ich das jetzt sagen soll, also –"

„Schlecht Deutsch. Langsam", sagte die Frau, leerte ihr Glas in einem Zug und stellte es beiseite. Sam sah, wie rau ihre Hände waren. Dann sah sich die Frau suchend um.

„Hermi?", fragte diese in die Runde.

Die Frau, die Hermi hieß, war gerade mit jemandem im Gespräch. Sie sah auf.

„Suchst du wen?", fragte sie Sam. Dann schien sie zu spüren, dass mit der jungen Frau etwas nicht stimmte.

„Du meine Güte, Kindchen! Du bist ja völlig außer Atem! Bist du hier Patientin?", fragte sie vorsichtig.

Jemand anderer sagte etwas in der unbekannten Sprache. Ich muss jetzt wirklich mal was mit meinen Haaren tun, dachte Sam, sonst behalten sie mich gleich hier.

Wenige Minuten später kehrte sie stolz mit einem halben Brotlaib, zwei Sorten Wurst, Kräuteraufstrich und einem Glas Riesenessiggurkerl in das Zimmer des Arztes zurück. Schon der erste Bissen Brot, den die Mutter ihrer Freundin aß, entspannte die Situation. Die Frauen bedankten sich bei Bramberger und ließen ihn wieder allein. Er klapperte noch ein bisschen mit seiner Rachenzange aus Edelstahl und schaute dann auf seinen Schreibtisch, auf dem das gerahmte Foto seiner Frau und seiner zwei Kinder stand.

Als sich die drei Frauen dem Ausgang näherten, hörten sie Gelächter. Sie traten hinaus auf die grell beleuchtete Ambulanz-Zufahrt, auf der mittlerweile unberührter körniger Schnee lag.

Sam erkannte die beiden Sanitäter wieder und die irre Taxifahrerin. Sie standen rauchend unter einem Vordach und unterhielten sich offenbar köstlich. Als die Fahrerin die drei Frauen aus dem Krankenhaus kommen sah, verabschiedete sie sich von den beiden mit Worten, die Sam nicht verstehen konnte. Es klang wie: „Ich habe Grete lieber am Hals als im Hals." Jedenfalls löste sie bei den Sanis eine Lachsalve aus.

„Bin ich ein Unmensch?", fragte sie, fast entschuldigend, beim Näherkommen und warf achtlos ihre Zigarette weg.

23

Die Menschen in der Karthäuserstraße feierten die
Weihnacht mit ihren Familien und sanken, nachdem
die aufgekratzten Kinder endlich eingeschlafen waren, nach einem letzten, in Schweigen getrunkenen
Glas erschöpft in ihre Betten, während in der Küche
die Geschirrspülmaschine leise ihre Arbeit tat.
Eines der Mädchen ging noch auf die Straße hinaus,
um heimlich eine zu rauchen. Sie textete eine Weile
in ihr Handy, die Pulloverärmel über die klammen
Hände gezogen und rauchte in raschen Zügen ihre
Zigarette. Dann spähte sie durch den Gartenzaun
zum Haus Nummer 7. Vor ein paar Jahren war da
eine Frau aus dem Fenster gefallen und gestorben,
erinnerte sie sich mit leichtem Gruseln.
Der Typ war im Halbdunkel zusammengesunken.
Sein dicker, mit Neuschnee bedeckter Wintermantel
schien ihn auf seinem Klappstuhl zu halten. Sie lief zu
ihm hin. Der Schnee hatte sich bereits eine Handbreit
hoch auf den Tisch gelegt. Darauf war ein Zigarren-
stummel zu sehen, der ziemlich ekelig roch. Orange-
rot glühende Pünktchen zeigten an, dass die Zigarre
noch nicht ganz erloschen war. Dann nahm sie ein
ganz leises Stöhnen wahr, besann sich, tippte 911
in ihr Handy und hörte sofort das charakteristische
Tuten, wenn unter einer Nummer kein Anschluss zu
finden war. Sie starrte verwundert auf das Display,
bis ihr klar wurde, dass sie die US-amerikanische

Notfallnummer gewählt hatte. Sie kannte keine andere. Sie lief zurück zu ihren Eltern, die schließlich einen Notarzt riefen.

Scherf wurde mit Sirene und Blaulicht ins AKH gefahren. Der diensthabende Arzt, Dr. Wilhelm Bramberger, legte mit gewissem Bedauern seine Magill-Rachenzange in die Schublade zurück und wendete sich dem Patienten zu. Scherf verbrachte die ausklingende Nacht mit Erfrierungen zweiten Grades in einem Bett in der AKH-Notfallambulanz. Vielleicht würde die eine oder andere Zehe oder ein Finger draufgehen, aber das würde sich erst in einigen Tagen entscheiden. Bramberger schnippte mit präzisen Bewegungen auf die beiden Infusionsbeutel, an denen Scherf hing, und verließ das Krankenzimmer. Als er an seine verwaiste Wohnung dachte, schnalzte er mit der Zunge. Wie gut er es hier hatte.

24

Fiedler hatte plötzlich keine Eile mehr. Er würde sich auf dem Heimweg von der Kanzlei einen guten Saint-Émilion besorgen, zu Hause beim Spaghetti-Kochen davon trinken und es sich später mit einem Film gemütlich machen. Sein iPhone würde er auf lautlos stellen. Fiedler hatte eine Einladung bekommen, den Vierundzwanzigsten mit Freunden zu verbringen, aber die Erfahrung hatte ihn gelehrt, an

Feiertagen besser nicht in fremde Privatsphären ein-
zudringen. Fiedler nahm den Bus, der am Abend des
Vierundzwanzigsten bis auf drei, vier Menschen leer
war.

„Haso, was machst denn du hier?", rief er verblüfft,
als er den Fahrer erkannte.

„Neues Kind, neuer Job", sagte dieser und lachte,
aber dann fiel ein Schatten auf sein Gesicht, und er
verstummte. Auch in Hasans Leben hatte Fiedlers
verstorbene Frau eine Rolle gespielt.

Die Fiedlers hatten Hasan kennengelernt, als sie eine
Mietwohnung in einem pittoresken Barockbau am
Stadtrand bezogen. Ein schönes Entrée für die Praxis
einer Psychotherapie, fand Marie beim Betreten des
gepflasterten Innenhofs. Wo anderen größere Flächen
des gelben Verputzes fehlten, sahen sie Landkarten
unentdeckter Kontinente. Wie sich rasch zeigte, handelte es sich nur für den flüchtigen Betrachter um
eine Idylle. Die Wohnung war zwar geräumig, neigte
jedoch zur Feuchtigkeit und war wegen ihrer hohen
Zimmer kaum zu heizen.

Im Hof stand eine Freitreppe, von zwei Atlanten gestützt, die selbst dem Zusammenbruch nahe schienen.
Im Durchgang darunter, der zu einem verwilderten
kleinen Park führte, lag die Hausmeisterwohnung.
Das Ehepaar, das darin wohnte und deren gegenseiti-
ge Beschimpfungen und lautstarke Rangeleien regel-
mäßig durchs Haus hallten, hatte einen Sohn, Hasan.
Die Fiedlers sahen ihn des Öfteren allein im Hof, Kie-

selsteine kicken. Wenn er nach der Schule angelaufen kam, war oft niemand zu Hause.

So nahmen ihn die Fiedlers in ihre Wohnung und ließen den Jungen bei sich auf die Heimkehr der Eltern warten. Hasan begann schon als Dreizehnjähriger im türkischen Laden ums Eck zu arbeiten, während seine Eltern immer mehr in den Suff abrutschten. Haso, wie die Fiedlers ihn nannten, war im Begriff, ein Straßenkind zu werden. Marie lud ihn nach der Schule oft auch ein, damit er „etwas Vernünftiges" zu essen bekam und Ruhe zum Lernen fand. Wenn die Streitereien in Schlägereien ausarteten und die Polizei auftauchte, übernachtete Hasan bei den Fiedlers. Wäre es nach Marie gegangen, hätte sie die ganze Welt eingeladen, dachte Fiedler. Sie war unerschütterlich im Vertrauen auf das Gute. Er wünschte jetzt, er selbst wäre großzügiger gewesen. Und weniger streng und angestrengt. Er war damals der Ansicht gewesen, dass Marie Schwierigkeiten hatte, die Grenze ihrer Hilfsbereitschaft zu akzeptieren. – So, Schwierigkeiten nennst du das, hörte Fiedler Marie sagen, Schwierigkeiten – für wen? Nun bereute er, wie oft er unter seinen Möglichkeiten geblieben war.

Eines Nachmittags, Marie hatte gerade einen Klienten und bekam von der Sache nichts mit, wurde Fiedler von Lärm aufgeschreckt. Im Hof stand Hasan und hatte mit der kippenden Stimme des Pubertierenden immer wieder nach seinen Eltern gerufen und dabei gegen die versperrte Türe gehämmert. In seiner

Stimme lag tiefe Verzweiflung. Doch niemand öffnete. Hasan trat mit aller Kraft gegen die Tür. Dann verstummte er plötzlich. Er stand noch eine Weile bewegungslos da, doch bevor Fiedler einen klaren Gedanken fassen konnte, war der Junge verschwunden.

Fiedler kehrte in die Gegenwart zurück und lächelte Hasan an.

„Schon gut", sagte er, der Hasans ernste Miene richtig gedeutet hatte. Und schon grinste Hasan wieder.

„Also nochmal von vorne, Haso, was machst du hier?"

„Ich fahr' jetzt Bus", sagte er, als wäre das nicht offensichtlich, „ist aber nur vorübergehend. Nächstes Semester schreib ich mich für Germanistik ein." Er lachte schallend.

Eine Weile fuhren sie schweigend durch die Straßen. Außer Haso und Fiedler, der auf einen Sitzplatz verzichtete und ganz vorn bei Haso stand, waren immer noch nur wenige Fahrgäste im Bus. Fiedler wollte die vorüberziehende Stadtlandschaft betrachten, bekam aber im Fenster nur die eigene Gestalt zu sehen, die undeutlich reflektiert wurde. Mann im Mantel, mit Tasche. Wie eine verwitterte Daguerreotypie.

Unbekannter Passant, vermutlich Mitte neunzehntes Jahrhundert.

Als Fiedler sich bei diesem melancholischen Gedanken ertappte, versuchte er sich abzulenken, indem er sich im Bus umsah.

Im hinteren Teil saß ein Mann, der durch eine beschneite Hundertwasser-Mütze auffiel. Er klopfte gerade den Schnee ab. Eine zierliche, nicht unattraktive ältere Frau mit lockigem Haar in der Farbe von Rotwein saß schräg hinter ihm und sah ihm dabei zu.

„Das ist aber eine hübsche Haube", sagte sie mit starkem Akzent und leicht heiserer Stimme.

Der Mann drehte sich zu ihr um und sagte:

„Bin mal Rastafari gewesen."

„Sagt mir jetzt leider nichts."

Nach einer Pause meinte er:

„Zu so später Stunde noch unterwegs, gnä' Frau?"

„Musste noch eine letzte Fuhre machen. Hab' noch drei Frauen vom Krankenhaus nach Hause gebracht, und als ich weiterfahren wollte: zack! Auto kaputt."

„Oh, sie sind Chauffeuse?"

„Taxifahrerin, aber auch nicht wirklich. Bin nur eingesprungen."

„Verstehe, das Feiertagsgeschäft."

„Ja, heute wünschte ich mir, ich hätte den Führerschein gemacht." Sie lachte.

„Herbert mein Name." Als die Frau ihn verblüfft ansah, sagte er:

„Na ja, eigentlich Herkima, aber ich habe mir hier einen neuen Namen zugelegt."

„Sehr passend."

Jetzt lachte Herbert. Diese Frau nahm sich kein Blatt vor den Mund, das gefiel ihm.

„Angenehm, Lilly."

Manchmal leuchteten die stetig fallenden Schneeflocken im Rot von Autorücklichtern auf.

„Sie haben wohl auch keine Eile?", fragte Lilly.

„Auf mich wartet niemand mehr."

„Daher wieder Rasferatu?" Sie deutete auf die Mütze.

„Rastafari. Und nein. Das *war* mal meine Religion.

„Worum geht's denn bei den Rastafari?"

„Tod ist der Sünde Lohn. Wer nicht sündigt, stirbt nicht."

„Na toll", sagte Lilly, nachdem sie eine Weile nachgedacht hatte. „Das wäre auch für mich nichts."

„Ich bin nostalgisch aufgelegt, würde ich sagen. Aber an diesen Kram glauben tue ich nicht mehr. Außerdem befürchte ich, dass es wie immer darauf hinausläuft, dass die Schwarzen draufzahlen. Das Paradies gibt es nur für Weiße – aber bitte entschuldigen Sie, wie unhöflich von mir, Sie anzujammern. Ich muss gestehen, heute ist nicht mein bester Tag."

Er seufzte.

„Es ist irgendwann einfach egal, ob man vom Alten Testament, vom Neuen Testament oder vom Koran verarscht wird", sagte Lilly.

Jetzt lachten sie beide. Dann wurde Herbert wieder ernst. Er sah Lilly an.

„Wissen Sie, Lilly, mir ist die Liebe abhandengekommen."

Lilly blickte stumm, mit gerunzelter Stirn zu Boden.

„Und geht uns das nicht allen so?", fragte sie dann.

In dieser Nacht war die Luft erfüllt vom stürmischen Tanz der Dinge. Alles wirbelte und glitzerte. Die Straßen waren menschenleer. Die Geschäfte waren zwar hell erleuchtet, aber gut versperrt für die kommenden Feiertage.

Fiedler hatte den beiden zugehört, er konnte nicht anders. Was der Mann sagte, hatte ihn berührt. Er war vor dem Wort „Liebe" immer zurückgeschreckt. Es war ihm zu groß und irgendwie immer peinlich gewesen. Wie feige!, dachte er nun.

Wann war *ihm* die Liebe abhandengekommen?

„Weißt du noch, Fiedler", begann Hasan plötzlich – auch er nannte ihn Fiedler, selbst Fremde, die gar nicht wissen konnten, wie er von seinen Freunden genannt wurde, sprachen ihn bei der erstbesten Gelegenheit so an. Marie hatte immer gesagt, er wäre für einen Vornamen nicht geeignet. Und in der Tat, Fiedler glaubte nicht an Vornamen.

„Weiß ich *was* noch, Haso?", fragte er.

Hasan sah ihn kurz von der Seite an, das wuchtige Lenkrad hielt er weiterhin fest umklammert. Auf seinen Oberkörper malten die LEDs der Straßenbeleuchtung gleichmäßige Lichtstreifen, das Emblem der Wiener Linien leuchtete auf seinem Hemd auf. Hasan hatte die Hemdsärmel hochgekrempelt, sodass seine muskulösen, stark behaarten Unterarme zu sehen waren.

„Deine Frau, *rahimaha Allah,* hat mir, wenn sie mich nach Hause schickte, oft ins Gewissen geredet. Sie sagte, dass nichts falsch an mir wäre. Kannst dich daran erinnern?"

Fiedler macht eine unbestimmte Bewegung. Er konnte sich nicht erinnern.

„Sie hat sich zu mir heruntergebeugt und mich an den Schultern festgehalten, so ganz eindringlich. Und weißt du was? Immer, wenn es mir dreckig geht, sag ich's mir wieder vor: ‚Haso, es ist nichts falsch an dir.'"

Auf Hasans Gesicht zeigte sich ein sanftes, schwer deutbares Lächeln. Die Straßenbeleuchtung verwandelte seine Iris in Silber. Die Fahrbahn war verschneit, doch der Schnee verwandelte sich rasch in dunkelgrauen Matsch. Hasan schaltete einen Gang zurück, der Motor des Busses hustete.

„Marie fand, dass du ein gütiger Mensch bist", sagte Fiedler zu Hasan. Hasan fuhr den Bus in eine Haltestelle ein, doch niemand stieg ein oder aus.

„Oh Mann, es hört überhaupt nicht mehr auf zu schneien", sagte Hasan.

Eine Pause entstand, in der Fiedler den im Leerlauf tuckernden Motor hörte.

„Warum fährst du nicht weiter?", fragte Fiedler.

„Weiß Gott, ohne deine Frau und die vielen, vielen Gespräche mit ihr, ohne ihre Geduld mit mir … Ohne sie hätte ich es nicht geschafft."

Viele Gespräche? Fiedler war verblüfft.

„Du hattest all die Jahre Kontakt mit ihr, Haso? Warum weiß ich davon nichts?"

„Du warst selten zu Hause. Als sie dann krank wurde, zog sie sich zurück, aber nicht ohne sich zu vergewissern, dass ich ok war. Als wir unsere gewohnte Runde machten, sagte sie: ‚Haso‘, sagte sie, ‚ich werde bald sterben.‘ Und weißt du, was sie danach gesagt hat? ‚Aber ich mach mir Sorgen um meinen Fiedler.‘"

Hasan schnäuzte sich und atmete tief durch.

Der Bus stand immer noch mit laufendem Motor in der Haltestelle. Eine alte Frau starrte misstrauisch herein. Als Hasan die Türe öffnete, ging sie grußlos davon.

„Frohe Weihnachten", riefen Hasan und Fiedler der Alten hinterher. Und er – was hatte er, Fiedler in dieser Zeit getrieben? Während sich Marie um ihn und Hasan kümmerte, hatte er sich leidgetan und Maries Großzügigkeit scheel beäugt. Hasans Neuigkeiten machten ihn auf merkwürdige Weise beinah froh. Gut, dass sie nicht nur mich gehabt hat.

„Fiedler?"

Fiedler blickte auf.

Hasan hielt ihm einen sauber gedrehten Joint unter die Nase.

„Was ist das denn?"

„Das ist mein Weihnachtsgeschenk an dich, Fiedler."

„Mechiko", sagte Hasan mit übertriebenem Akzent.

„Sativa! – Der Champagner unter den Gräsern."

Fiedler wurde schon bei einer Zigarette schwindlig, aber abzulehnen brachte er nicht übers Herz. Er sah schuldbewusst zu den beiden Passagieren, doch die waren ins Gespräch vertieft. Hasan und Fiedler taten jeweils einen tiefen Zug und ließen den Rauch ihre Lunge imprägnieren. Das scharfe Stechen in der Brust erinnerte Fiedler an seine Jugend, an die Zeit vor der Ehe, als das Leben noch ein unbehauenes Werkstück war.

„Was hat das Leben mit dir gemacht, Fiedler, nachdem sie gestorben ist?"

„Ich bin leider krank geworden, Hasan."

„Und jetzt?"

„Jetzt? Bin ich krank."

Hasan atmete den Rauch aus und gab den Joint an Fiedler zurück.

„Du meinst wohl *gesund*?"

„Nein, ich bin immer noch krank, aber irgendwie anders. Jetzt bin ich nicht mehr nur eine Krankheit."

„Ja, das versteh' ich. Man ist nicht nur der tägliche Mist, man ist auch am Leben."

„Man ist auch am Leben, genau. Die Ärzte haben meine Krankheit getauft, aber ich habe mich … exkommuniziert."

„Exkommuniziert?"

„Ich bin nicht mehr im Club der Gesunden oder Kranken."

„Du hast deinen eigenen Club aufgemacht?"

„Ich will alles zurück, verstehst du?"

„Marie kommt nicht wieder, Fiedler."

„Schon klar, das meinte ich nicht. Was ich wiederhaben will, ist, was mich lebendig gemacht hat, Haso. Die Rohstoffe des Lebens. Auch das Schuldgefühl darüber, alleine zurückgeblieben zu sein, auch den Zorn. Den Zorn auf Marie, weil sie mich zurückließ. Widersprüchliche Gefühle sind vielleicht besser, als nichts zu spüren."

„Es ist nichts falsch an dir, Fiedler."

Ach, die Schuld!, dachte Fiedler. Schuldgefühle hat man, wenn man lebt und funktioniert, aber auch, wenn man krank ist und aus seiner Krankheit nicht rauskommt.

Nachdem die beiden ein paar weitere Züge genommen hatten, reihte Hasan den Bus wieder in den Verkehr ein. Fiedler setzte sich jetzt doch auf den Platz in der ersten Reihe und sinnierte vor sich hin. Wieviel Ungelebtes und Totes in einem ist; über Jahre sich ausdehnendes, taubes Ödland, wo Schmerz oder Trauer – oder irgendetwas sonst hätte sein können.

Fiedler nahm Hasan den Joint ab, den dieser mit einer Pinzette hielt, zog noch einmal heftig daran und hustete.

Anstatt weiterzugehen, bin ich im Gram steckengeblieben.

Denk nach, Fiedler, denk nach. Wie schwierig es gewesen war zu akzeptieren, dass Schwermut keine charakterliche Eigenheit ist, sondern etwas, das behandelt werden kann. Eine Zumutung, die eigenen bedeutsamen Gedanken als Symptome zu akzeptieren. Von außen betrachtet, verloren sie rasch ihr Gewicht und verwandelten sich in wackelige Schaukelpferdchen auf einem Karussell.

Mehr zu sich als zu Hasan sagte er: „Und wenn das Ende noch gar nicht geschrieben ist?"

„Weißt du was?", meldete sich Hasan, als hätte er Fiedlers Frage nicht gehört, „Marie sagte mir: Lange bevor du Probleme bekommst, sind da erst mal nur Gefühle, vor denen brauchst du keine Angst zu haben. Es genügt, wenn du –"

„– wenn du sie aushältst."

„– bevor sie sich in Gespenster verwandeln, genau."

Hasan warf den winzigen Rest des Joints aus dem Fenster, und ein Schwall eiskalter Luft strömte in den Bus.

„Hab' ich natürlich lange nicht verstanden. Irgendwann dann doch, aber nicht gewusst, wie das geht – schließlich musste ich es auf die harte Tour lernen. Marie sagte: ‚Du darfst nie darauf vergessen, zu leben, Haso.'"

„Du hast recht. Irgendwie lag ich völlig daneben, Haso", sagte Fiedler.

„Wie meinst du das, Fiedler?"

„Unbeachtete Gefühle werden zu Gespenstern. Das ist so … einfach. Ich wär' aber nicht drauf gekommen."

Fiedler bedauerte, dass der Joint schon zu Ende geraucht war.

Das Meer der Wehmut. Marie. Das ungelebte Leben. Fiedler sah wieder ins Schneegestöber, das den Bus umwirbelte. Der Wind, der mit dem Schnee spielte, war nicht eigentlich gleichgültig gegenüber uns Menschen, sondern kannte uns nicht. Die Natur weiß nicht mal, dass es uns gibt, dachte Fiedler. Wie gut das tut.

„Es schert die Welt nicht, dass es uns gibt", sagte Fiedler und lachte. Hasan war nicht sicher, was Fiedler damit meinte, aber er lachte mit ihm, in jenem hohen Meckern, das man von sich gab, wenn man high ist.

„Mechiko."

Nun lachten sie schallend. Fiedler leckte sich die Lippen, seine Mundhöhle fühlte sich ausgetrocknet an. Der Bus fuhr in die Endstation ein. Fiedler stand auf. Hasan hatte sich ihm zugewandt und war bereit, sich zu verabschieden. Aber etwas in Fiedlers Gesicht ließ ihn zögern.

„Was?", fragte er und sah prüfend drein. Fiedler schaute nach hinten. Hasan folgte Fiedlers Blick und bemerkte nicht ohne einen kleinen Schrecken, dass sie nicht allein waren im Bus.

„Endstation!", rief er. Doch niemand rührte sich. Das Paar hatte sicher bemerkt, dass der Busfahrer mit einem Mann im Anzug einen Joint geraucht hatte, aber es schien, als wäre es ihnen egal. Zudem zeigten die beiden nicht das mindeste Interesse auszusteigen.

„Endstation?", wiederholte Hasan, und es klang wie eine Frage.

„Noch lange nicht!", rief die Frau, der Mann mit der hohen Mütze lachte. Fiedler beugte sich zu Hasan und flüsterte ihm etwas ins Ohr.

„Haso, wir machen etwas, damit uns dieser vierundzwanzigste Dezember in Erinnerung bleibt."

„Du bist verrückt."

„Dazu ein Ja."

Hasan lachte.

„Du bist ja total crazy!"

„Also los."

Und so fuhren sie weiter in die Nacht hinein, die sich, wie gesagt, nicht um sie kümmerte. Fiedler fiel die Flasche Wein ein. Haso nahm einen tiefen Schluck und reichte die Flasche zurück an Fiedler. Der trank ebenfalls und ging nach hinten, um sie weiterzureichen.

„Ich übernehme alle etwaig anfallenden Kosten", sagte Fiedler laut, sodass es alle hören konnten.

Rita rinnt der Rotz. Das kitzelt. Sie würde den Rotz gern in den Mund stecken, aber ihre Arme bewegen sich zu heftig, sodass sie die Rotze nicht zu fassen kriegt. Rita ist aufgeregt. Rita ist zu viel, sie findet nicht genug Platz in ihrem kleinen Körper. Sie weiß alles, spürt alle Gefühle auf einmal. Das ist ihr Problem; anderseits ist das nicht ihr Problem. Sie weiß nicht, was ein Problem ist. Jetzt lacht sie, aber in ihr oder um sie herum sind Farben, Geräusche, Gerüche und Wirbel. Ein Kommen und Gehen. Und immer, wenn etwas auftaucht und sie weinen muss, ist es weg, und es geschieht gleich wieder etwas ganz anderes. Dann weiß sie nicht, ob sie weinen soll oder schauen. Rita hat noch keine Worte dafür, aber sie spürt, dass ihre Mutter viel zu jung ist, um zu verstehen, was sie beschäftigt. Sie freut sich.

Jetzt eine Erleichterung, ihr Popo wird warm, ihre Windel ist gut gefüllt.

„Ja, wir kacken auf Weihnachten. Stimmt's, mein Liebling?", sagte Margarethe, während sie Rita die Windeln wechselte. Rita begann zu weinen.

Margarethe küsste ihre Tochter sanft, auch die rote Beule auf Ritas Stirn.

„Ach nein, Mäuschen, so war's doch nicht gemeint! Der vierundzwanzigste Dezember ist wunderschön."

Gegen vier Uhr früh traf eine Warmfront auf die kalte Luftmasse. Der Schnee verwandelte sich in Regen. Sichtbar wurde er nur, wenn er in das Halo der Straßen- und Weihnachtsbeleuchtung geriet. Ströme von silbrigen Perlen, wie an Ketten gereiht, die leise im Wind zu pendeln schienen. Im Radio wurden Blitzeis-Warnungen durchgegeben. Und tatsächlich. Schon nach wenigen Minuten waren die Straßen in solides Glatteis verwandelt. Bald überfroren auch die Bäume, schließlich die Dächer und alles, was nicht unter einem sicheren Dach geborgen war, als wollte es diesen Weihnachtsabend schockfrieren in alle Ewigkeit. Außer ein paar Blechschäden geschah nichts Außergewöhnliches. Die Stadt war im Feiertagsschlaf.

Dank an Maria Frodl, Dorothee Golz, Wolfgang Müller-Funk, Hermine und Barbara Bacher, Lina Neuner, Andreas Obrecht und Mona Müry

Bibliografische Information der Deutschen Nationalbibliothek Die Deutsche Nationalbibliothek verzeichnet die Publikation in der Deutschen Nationalbibliografie; detaillierte bibliografische Daten sind im Internet über http://dnb.de abrufbar.

© 2024 müry salzmann
Salzburg – Wien
Lektorat: Mona Müry
Umschlagmotiv: Maria Frodl & Dorothee Golz
Gestaltung: Müry Salzmann Verlag
Textnachweise: T. S. Eliot, The Waste Land 37, 70, 71;
Tracy Chapman, Fast Car 85, 86
Druck: GGP Media GmbH, Pößneck
ISBN 978-3-99014-262-2
www.muerysalzmann.com